NHK俳句

# 岸本葉子の「俳句の学び方」

岸本葉子

Yoko Kishimoto's
Haiku Guide

NHK出版

# 岸本葉子の「俳句の学び方」

Yoko Kishimoto's Haiku Guide

岸本葉子

はじめに

# 万年初心者を脱したい

岸本葉子

俳句って入門してからが長い。面白そうとはじめてみたけど、なんだかよくわからなくてずっと足踏み状態。そういう人はいませんか。

入門書を読むと、すぐにでもできそうなことが書いてある。季語や切れといった最低限の約束ごとさえ守れば、あとは見たまま、感じたままを素直に五七五にしてみましょう、と。その気になって五七五にしてみた、俳句番組に投句もしてみた、でもいっこうに入選しない。不安になって、別の先生の入門書も買ってくる。約束ごとは外さないようになったはず。だのに投句しても梨の礫《つぶて》。いったいどんな句が選ばれているかと番組なりテキストなりの入選句を見れば「えーっ、本に書いてあったことと違うじゃない」。もう、何がなんだか……。自分の俳句が進歩しているのかどうかわからないまま、入門書ばかりたまっていく。そんな万年初心者とでもいうべき状態にある人です。

私がまさしくそうでした。

俳句をはじめたのは十一年前。他でもない「ＮＨＫ俳句」のゲストに呼んでいただいたのがきっかけです。番組をご覧のかたはご存じのように、ゲストは俳句を未経験の人が多いのです。一句作りましたが、これもご存じのとおり「ＮＨＫ俳句」は某民放の俳句コーナーと趣が異なり、ゲストの句に対し厳しいダメ出しはしません。ほめて伸ばす精神でやさしくコメントします。気をよくした私は、それをきっかけに番組に投句をはじめました。「情実合格」にならないよう別の名前で。けれど入選せず、添削コーナーにも採用されない。コメントをされないことには、自分の句のどこがどうダメで入選しないのか、知りようがありません。

句会にも参加しました。そこで学んだことは多くありますが、ただ句会も原則として、よいと思って選んだ句について、どこがよいかを発表するため、選ばれなかった句については相変わらずわからないのです。

足踏み状態が続いていたところ、俳句をはじめて七年後に「ＮＨＫ俳句」

の司会の役目をいただきました。司会の何がよかったといって、収録の前後に、選者のコメントを聞けることをおいてほかありません。投句についてありがちな傾向、惜しかったこと。後に本文で述べるとおり、選者と句会をするようにもなりました。俳句への理解を深め、よりよい番組作りにつなげるためではありますが、俳句勉強中の身としては、これ以上ない学びのチャンス。私はもう控え室でもどこでも常にノートとペンを構え、選者の一言半句も聞き漏らすまいと耳を傾けていました。

そんな司会の役得といえるメモを、ひとりじめしては申し訳なく「NHK俳句」テキストで二度にわたり公開したところ、予想を超える大反響。うれしいことですがそれ以上に「出し惜しみするな、もっとあるだろう」と言われている気がして、テキストに毎月連載しました。

並行して、さまざまな句会に参加するようになりました。俳人が指導役をつとめる句会や、研鑽《けんさん》の場として句会の仕方としてはやや変則的になりますが、選ばなかった句についてなぜ選ばなかったかを発表しあう句会です。そこでも私はせっせとメモをしていました。

司会としての役得メモとさまざまな句会でのメモを整理したのが、この本です。メモをもとに、投句のとき「こんなことに気をつけたらいいのでは」と考えたことを、「格言」と「技」としてまとめました。入選をめざす私が実際に試みている、攻め方あの手この手です。連載ページには収まりきらなかった、初公開の技も多くあります。

例句は原則私が詠《よ》んでいますが、多くの人にピンときていただけるかと思います。というのも、句会で出た人の句を勝手に発表するわけにいかないので、そこで話されたポイントと同じことを伝えられる例句を作成しているからです。

なじんでいる入門書とは目次の並びからして違ってとまどわれるかもしれません。選をする俳人の立場からではなく、なんとかして選に入りたい立場から書いた本ゆえと思って、ご辛抱ください。入選がゴールではないけれど、自分の作る五七五がひとりよがりではなく誰かの心に届いたのだと知る、ひとつの指標ではあります。長い入門期間にある皆さん、ともに学んで、脱・万年初心者へと進みましょう。

装幀　芦澤泰偉
本文デザイン　児崎雅淑（芦澤泰偉事務所）
撮影　成清徹也
ヘアメイク　梅沢優子
校正　青木一平
DTP　天龍社
協力　N句会

第1章

# 入選に近づく10の格言

～推敲に役立つ57の技～

「ＮＨＫ俳句」の司会をつとめつつ、
番組への投稿も続けています。
途半ばではありますが、
選者のかたがたと、じかにお話しする中で
「こんなことに気をつけて
作ったらいいのでは」と思うことが多々。
役得で学んだメモと私なりの攻め方を、
10の格言と57の技として公開いたします。
めざすは入選！

格言 1

# 私が語らず、モノに語らせる

格言1

# 私が語らず、モノに語らせる

俳句の先生による入門書なら、初回は「季語とは」といったことからはじまるのでしょうが、この本は番組に投句をする立場の私が「あわよくば選に入りたい、いや、その前に締切までに作らねば」といった皆様と同じ切実な思いをもってお伝えするもの。いきなり具体的なことからです。

一句の中にモノを入れてみよう。

選者をつとめたある先生は、句会において次のように言いました。私が語るのではなく、モノに語らせるように、と。

そう、俳句では思いを述べないようにと言われるけれど、つい私を語りたくなるものです。十七音しかないけれど、なんとか深い内容を込めたい。とりわけ多くの投句が来るところでは、選者の気を引く、とは言い過ぎだけど、選者の心をどうにかして動かさないといけないし。結果、「寂し」「愛し」「愁ひかな」といった、深い内容がありそうな言葉を、端的に使ってしまいがちです。

モノに語らせよとは、私の理解するに、そこをぐっとがまんすること。親の気持ちを詠《よ》むとして、子が巣立って急に静かになった家にいて、寂しい。そこを「寂し」と言わず、そのモノを出せば「あ、これは寂しいわ」と選者が感じてくれそうなモノを、十七音の中に提示する。子の使っていた歯みがきコップでも、勉強机でも。モノで心を動かすのです。

選評では「景が見える」という言葉を耳にします。モノを出せば、「景」といえるかどうかわからなくても、少なくとも歯みがきコップなり勉強机なりは、読む人の目に浮かびます。

モノが詠み込まれていることが入選の条件とは言いません。具体的なモノが何もなくても「たしかにこういうことってある」「言い得て妙だ」といった仕方で、心を動かす名句もあります。が、それはかなり難しそうです。

ひとつの兼題で三句投句するなら、二句まではモノで作って、あとの一句で別の詠み方に挑戦するのが、手堅い攻め方のように思います。

技01

# モノを入れて、句に実感を持たせる

兼題では、題となっている事物が目の前にない状況で詠みますから、観念的な句になりがちです。そこでモノを出して、実感の方へたぐり寄せるのです。兼題が「余花《よか》」なら、山の方に咲き残っていることをとっかかりに、観にいくときに履く「スニーカー」とか、電線を付設するため山に入る人の「工具箱」とか。出すモノに季節感が含まれている必要はありません。季語そのものに充分含まれていますす。

例句

**スニーカー汚して余花を訪《おとな》ひぬ**

技02

# 時候の季語では特に意識してモノを入れる

例句 **夜の秋親族のみですませしと**

「親族のみですませしと」はモノを含まない、ことがらのみのフレーズ。季語を「夜の秋」にしたら、句会でこう言われました。「ことがらに時候の季語では、句の印象がぼんやりする、月見草など具体的な季語の方がいい」と。逆の応用で、兼題が時候の季語なら、季語以外のフレーズにモノを入れることを特に意識します。歳時記で時候に分類されている季語を詠むときの定石だそうです。

技03

# 見えないものどうしの組み合わせは避ける

時候の季語でなくても、目に見えにくい季語はあります。天文の季語「色なき風」はその例。

例句 **鉄橋の響き色なき風の中**

こういう組み合わせは避けた方がいい。響きも聞くものであり見えないので、句の印象がやはりぼんやりしてしまいます。「鉄橋というモノがあるじゃないか」と言い張らず、読む人にとってどうか、果たして効果的なのかを第一に。

技04

# 季語(名詞)＋中七＋モノ(名詞)の形に注意

例句 **春の月和本を綴《つづ》る細き糸**

モノを出すとき、つい作ってしまいがちな形ですが、「和本を綴る」が「春の月」と「細き糸」のどちらにかかるか、ぱっと見てわかりにくい。「山本山」と呼ばれ、避けるべき形として有名な形だそうですが、私は知らずに量産していました(泣)。「春月や」と切れをはっきりさせる。そして下五《しもご》の最後を名詞にして、体言止めで結ぶのは、安定した形だそうです。

推敲 **春月や和本を綴る細き糸**

技05

# 出すモノと「かぶって」いる言葉がないかを点検する

例句

**鰯雲《いわしぐも》浜辺に靴を脱ぎ捨てて**

「鰯雲という季語の持つ青春性と、靴を脱ぎ捨てて裸足《はだし》になる行為とが合いそう。靴というモノもあるし」と、いい句ができた気になったところで、ちょっと待て！「鰯」と「浜」が近すぎる。「鰯雲」そのものは天文の季語だし、空にあるけれど「鰯」という言葉を含み、それは魚で海にいる。言葉は思いがけない仕方で「かぶって」いることがあります。モノを出したからと安心せず、投句の前に点検を。

技06

# 景が、より具体的に見えるモノを選ぶ

例句 **終着のホームの軒の氷柱《つらら》かな**

景が見えなくはないけれど「終着の」がやや観念的な感じもします。「零番線《ゼロ》ホーム」とすると、「0」という看板が目に浮かび、どん詰まり感も出そう。

例句 **林檎《りんご》剝《む》く列車に座る膝《ひざ》の上**

こんな句も「駅弁の空箱」というモノを出すと、よりはっきりと景が見えそうです。

推敲 **駅弁の空箱の上林檎剝く**

吟行愛用品❶ 役得メモ

これが実物！　句会でのコメントはもちろん、ふだん句を作る中で疑問に思ったことも書きとめ、次の句会で忘れず質問。選者の先生との句会以外でも、こまめなメモが習慣に。この本はこうしたメモから生まれました。

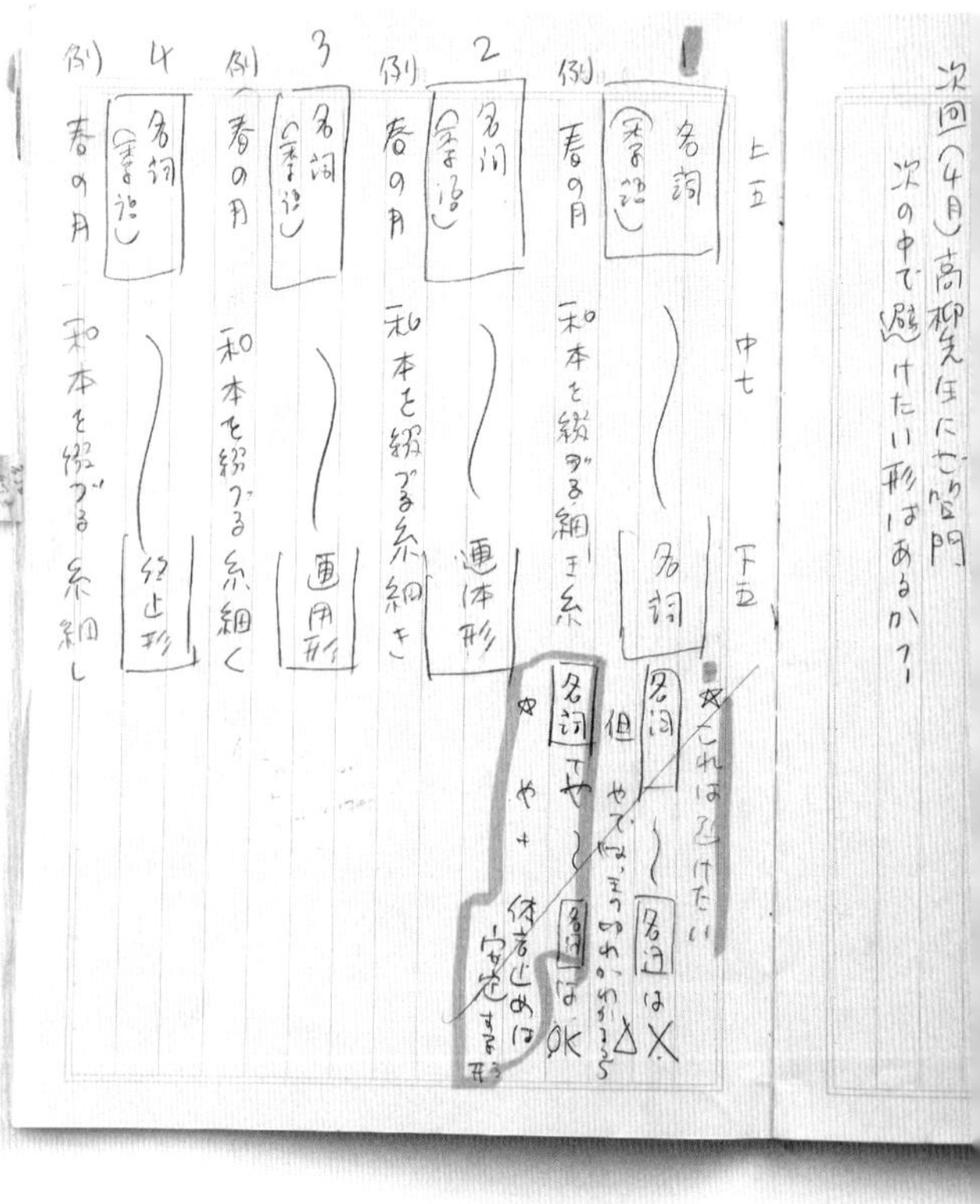

格言 2

# ストーリーより
# シーンが強い

## 格言2 ストーリーよりシーンが強い

句を作るとき私は、シーンを作るようにしています。「景が見える」句をめざし、ダメ句とされるリスクをなるべく回避したいからです。それはモノを詠むか、コトを詠むか、とも関わってきます。モノについては前の項で書きました。コトはできごとやことがらくらいに受け止めてください。

言葉を改まった形にまとめようとすると、私たちはこのコトの方を中心にしてしまいがちです。小学校の作文以来の習慣かもしれません。次のような状況があったとします――娘が急に孫を連れて里帰りするというので、夫婦二人のわが家は食事の支度で大忙しになった。二日目は孫と海へ行った。三日間過ごして帰っていった。疲れたけれど楽しかった。この夏のいちばんの思い出だ――できそうなのは例えば次のような五七五でしょうか。**〈夏休み孫の来るとて忙しく〉〈夏休み子が孫を連れ里帰り〉〈楽しきは孫と遊びし夏の浜〉〈ひと夏の思ひ出孫のゐた三日〉**。

例句ほど極端でなくても、「こういうコトがありました」的な句を最初の頃は特に詠んでしまいがちです。俳句は「何を」詠もうと自由と教わりましたから、コトを詠んでいけなくはありません。でも「どのように」詠むかは、戦略が要りそうです。

私なりに考えたのが、「ストーリーよりもシーンが強い」ということ。ストーリーとは端的には、時間と言い訳です。ストーリーの中には時間が流れています。そして里帰りするので疲れたけれど、といった「ので」「けれど」でつないで運んでいきます。そうした流れや運びに対し、シーンは瞬間的です。

テレビドラマを考えればわかりやすいでしょう。孫と過ごした老夫婦の三日間のストーリー。実際にテレビに映るのは、大鍋でゆでるそうめん、砂まみれの子どもサンダル。そうした個々のシーンを五七五にします。

読者はすでにお気づきですね。「こういうことがありました」は報告です。「ので」「けれど」は理屈づけであり、説明です。ストーリーを語らないのは、報告や説明になるリスクを回避する安全策と、私には思えます。

技07

# シーンが読み手の目に浮かぶように

例句 **楽しきは孫と遊びし夏の浜**

体験をもとにした句では特に、自分にはシーンは見えていますから、貴重な音数をシーンの再現に費やすより「楽し」と言いたくなりますが、それでは読み手の目に楽しそうなシーンが浮かびません。夏の浜で何をして遊んだのか、何が楽しかったのか。海の家でかき氷に孫と交互にスプーンを突き立てて食べたのが楽しかったのなら、かき氷なり、スプーンを持つ孫の手なりを書いてみます。

技08

# モノを中心に シーンを組み立てる

一枚の写真にあれもこれも入れ込もうとすると、あとで見たとき、われながら何を撮ろうとしたのかわからなくなります。句の読み手はこの「あとで写真を見る自分」と同じ。シーンの中心となるモノを決めましょう。すると、それ以外であきらめるモノも出てきます。技07の例句でいうなら、スプーンを二本突き立てたかき氷をクローズアップする。海の家の看板までは無理だし、入れてもかえってごちゃつきます。

技09

# おおまかな把握はコトになりやすいと心得て

例句 **物干しに小さき水着や里帰り**

水着というモノを中心としたシーンはできている。けど、このまま投句していいか、私ならちょっと躊躇《ちゅうちょ》します。「里帰り」がシーンの具体度を薄め、ことがらの方へ持っていってしまいそうで。句会で「授乳」という言葉が出たとき、ここはていねいにお母さんの乳房の血管などを詠みたいと言った先生がいました。なるべくモノに還元して詠みたいです。

シーンが強い

技10

# 動詞の数はなるべく少なく

動詞は少ない方がいいとは、いろいろな句会で聞きました。勉強中の身としては、なぜかはわからなくてもそういうものなのだろう、と思ってきました。今回のテーマと関係して考えるとうなずけます。動詞が多いと「〜して、〜して」の形になりがちで、シーンよりストーリーに近くなるのでしょう。時間も流れるし、報告調になりやすくもあります。動詞の多い名句もありますが、まずは控えてリスク回避です。

## 技11

# どちらでも成り立つシーンなら動きの起こりそうな方を

シーンはストーリーを瞬間的に切り取ったものと言いました。ストーリーを動画とすれば、シーンは静止画像です。句の案がふたつできて、どちらもシーンとして無理なく成立しそうなときは、次の瞬間に動きが起こりそうな方を、私は投句します。

例句 **去年今年《こぞことし》蛇口の奥に溜《た》まる水**

例句 **去年今年蛇口の奥に満つる水**

同じようなシーンでも、後者はいっぱいいっぱいになっていて、圧もかかって、いまにも一滴落ちそうです。

静止画像として、ピタッと決まったものにはしたい。おおまかな把握や「〜して、〜して」を避けるのは、ピントがあまくなったり、輪郭がぶれて流れたりするのをおそれるからですが、静止画像として決まりながらも、ストーリーの存在を思わせる「一時停止」を解除したら、次なる展開がはじまることを予感させる。それだと、より強いかなと。

シーンが成り立ったところで、すぐに投句せず、動画の一コマとしてどうか、という視点で検討しています。

吟行愛用品❷ 句会用ノートと吟行用手帖

両方とも縦罫。大きい方は一般的な学習ノートのサイズです。上下二段に句を書けるので、投句の際、句を探して何ページもめくり返さずにすみ便利。小さい方は吟行で活躍。ポケットに入るし、人前で出しても目立たない。

格言 3

# 映像を立ち上がらせる

格言3
# 映像を立ち上がらせる

ストーリーを長々と語らず、瞬間のシーンに語らせる、動画を流すのではなく、一枚の画像を切り取るようにしている、と前の項で述べました。俳句は短いので、その方がまずは作りやすいように思います。

問題はそういうつもりで作った五七五が、読む人にとってシーンを思い描けるものになっているかどうか。句に込めた情報をもとに、読む人が映像を再構築できるかどうかです。

自分では情報を提供したつもりでも、予想外の解釈の出ることが、句会ではよくあります。例えばこんな句。〈**瓶詰めの海鼠腸《このわた》小さく口開いて**〉。

この「口」は何の口？　瓶の口が開いている？　合評で議論されて驚きます。おちょぼ口で好物の海鼠腸を啜《すす》るしぐさのつもりだったけど、瓶の口と読む人もいるのか?!　たしかに何の口かは示しておらず、情報は欠けていました。

体験をもとに作るときは、特に注意が必要です。自分ではどんなシーンかわかりきっているので、他のシーンを思い描く余地のあることに気づきにくいのです。ムード先行型の句も、情報不足または不正確になりがちです。例えばこんな句。〈**百の足揺れて陽炎《かげろう》橋の上**〉。

この五七五を渡された人は、何の足を思い描けばいいでしょうか。橋の上に五十人いて、その人たちの足が百本？　十ならまだ、刑事ドラマのタイトルバックのように並んで歩いてくるようすが見えるけど、百ってどういうシチュエーション？　橋の骨組みのこと？　陽炎のゆらめきそのものを足に喩《たと》えているの？　ゆらゆらしている感じはわかります。でもあいまいすぎて、読み手の眼前に映像がありありと立ち上がるには至らないのです。

俳句を作るときは映画監督になりきって、と、ある俳人は言いました。映画監督は、観客をストーリーに引き込むため、いろいろな技法を用いていることでしょう。言葉で、しかもたった十七音ではどんな方策があるか、模索しています。

技12

# 受け取る側の身になって情報を点検する

例句 **銅像の頬杖《ほおづえ》深し秋の昼**

「深し」がどんなようすかわからないと言われました。手首を深く折り曲げたようすの「つもり」でしたが、読んだ人には銅像のどこがどうなっているのか思い描けなかったのです。「つもり」はいったん横に置き、この言葉でほんとうに、映像を再構築できるかどうか、受け取る側の身になって客観的に点検します。

技13

# カメラワークや映像を出す順番も工夫する

例句 **くちなはをバケツに入れて女の子**

蛇をまず思い描いてもらう。次いでバケツの中にとぐろを巻いているようすのクローズアップ。最後にすなわちバケツをさげて来る女の子を見せます。同じ情報量でも、次の句ではインパクトがいまひとつ。

例句 **女の子バケツにへびを入れて来る**

部分の大映し、全体の映像など使い分け、出す順番も工夫してみます。

# 過去のことを現在のことのように描く

例句
**台布巾《だいぶきん》干し加はりし夕涼み**

「加はりし」の「し」は「～した」という意味です。終わったことだと、読む人は事後報告を受けている感じがするかも。過去だとわざわざ言う必要がないなら、現在形にし、今まさに起きているように詠んでみてはどうでしょう。読む人も、その場をともにしている気になってくれるのではと期待して。

推敲
**台布巾干して加はる夕涼み**

# 「けり」は「をり」に置き換えてみる

例句 **夕涼み母は茶碗《ちゃわん》を洗ひけり**

幼い頃、夕飯を終え父と縁側にいると、背中の方からは母が台所で茶碗を洗う音がしていました。穏やかで幸せだったという感慨はありますが、それを詠嘆の「けり」で伝えるより、幸せの現場へ読む人を直接連れて来る方が手っ取り早いのでは。「をり」は「〜している」の意味。現在進行中のことになります。

推敲 **夕涼み母は茶碗を洗ひをり**

技16

# 「たり」や「り」にも置き換えてみる

過去形にはしたくないけど、現在形や現在進行形は、この性質あるいは気持ちからしてそぐわない。そんなときの策が助動詞の「たり」や「り」です。

現代語にすると「〜した」なので、これも過去ではと思われるかもしれませんが、正確な意味は完了と継続です。動作が終わったけれど、動作によってもたらされた状態は続いていることを表します。すなわちその状態は、読む人の眼前に今まさにあるようすとして示せるのです。

例句 夕端居《ゆうはしい》母は布巾を絞りけり

推敲 夕端居母は布巾を絞りたり

語調としても「けり」ほど強く切れ過ぎません。

例句 **台布巾干して端居に加はりき**
推敲 **台布巾干して端居に加はれり**

過去を表す「き」に置き換えるのに、「たり」の二音は入りません。一音で同じはたらきをする「り」にしました。ただし「り」は付くことのできない動詞がある分、「たり」より注意が必要です。四段活用、サ変活用の動詞にしか使えないので、自分の句の動詞がこれにあたるかどうか、辞書で確かめましょう。

活用なんてことまで出て、この本は文法の本？　と思われるかもしれませんが、伝えたいのは、助動詞をとっかえひっかえしてでも、読む人の眼前に映像をなんとか立ち上がらせようとしていることです。

## 吟行愛用品❸ 電子辞書

大歳時記、国語辞典、古語辞典、漢和辞典まで、これひとつに収まっている！　機種選びに迷ったら「俳句歳時記が入っていて日本語機能が充実しているものを」と家電店で言いましょう。辞書データは後から追加可能。カラー画像や音の出るものもあり。

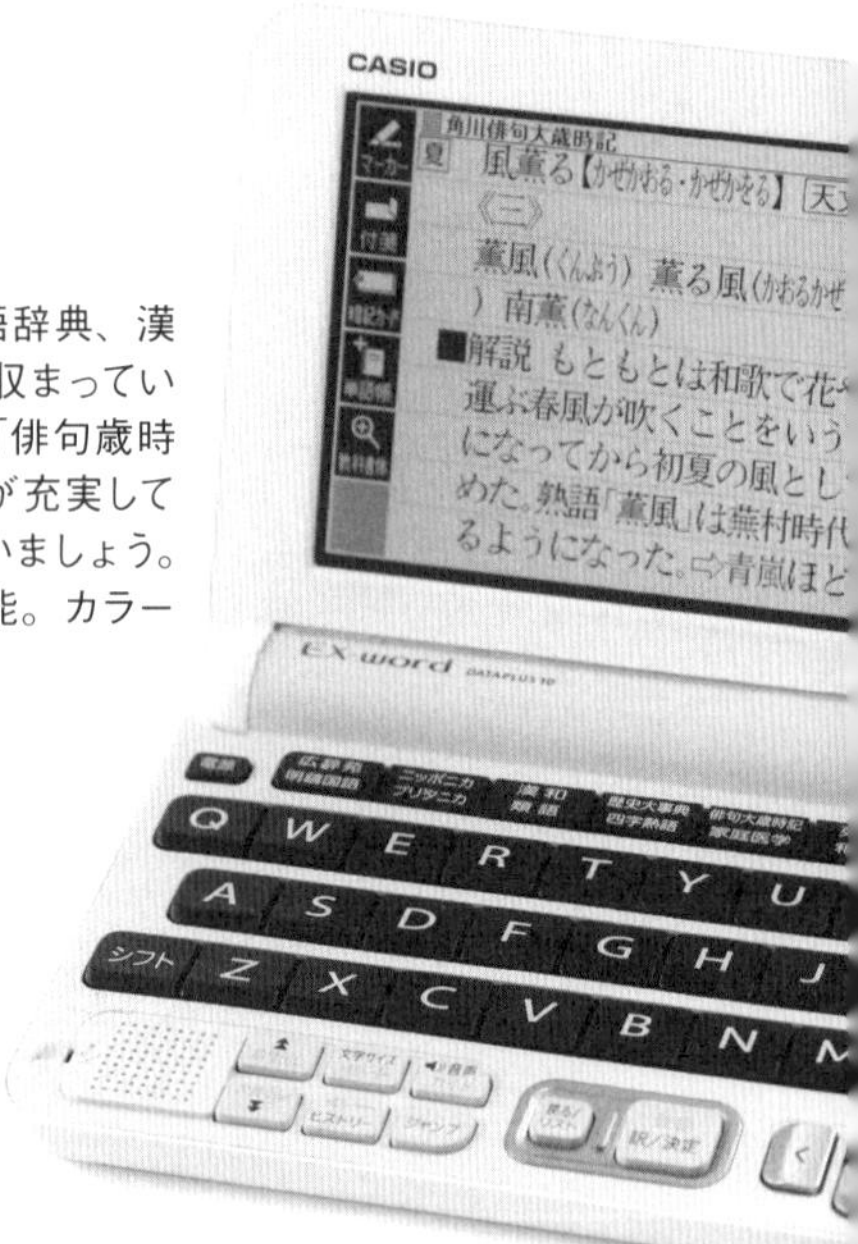

格言 4

# 言外に匂わせない

格言4

# 言外に匂わせない

十七音しか使えない制限の下、心を動かす句を作りたいとき、私たちがつい誘惑にかられるのは、次の方法ではないでしょうか。ここには深い真理がある、とほのめかす。十七音で書いてある以上のことを実は言っている、と思わせる。言外に匂わせる、というヤツですね。例えばこんな句。〈**青山は到る処《ところ》に雲の峰**〉〈**去る者は日々に疎くて草の花**〉。

「匂わせるどころか芬々《ふんぷん》としているではないの、私はそんな句は作らないわ」と思うかたもいるでしょう。いつもながら極端な例から入りました。でも次のような例だと微妙に不安になりませんか。〈**貧しきは安けきに似て冷奴《ひややっこ》**〉。

そんなとき私が立ち戻るのは、句会でよく言われることです。もの言いたげなそぶりはだめ、ことわざっぽいのもだめ、と。

ことわざは真理や教訓を巧みに表すものですが、短いという点で俳句と似ているし、俳句を作る私たちもそれなりに人生経験はありますから、ちょっと何かを言おうとすると、たちまちことわざっぽくなってしまいます。俳句はそうしたワケ知り顔ともっとも相容れないものだと、いろいろな句会で私は聞きました。

この言外に匂わすということは、いわゆる教訓を垂れるつもりがなくても、無意識に近いところでしてしまうようです。例えば私が昔作った句。

〈**ぬかるみの水溜まりにも蝌蚪《かと》の群**〉。

自分の句なので酷評できますが、この「も」が何かを言おうとする欲の表れなのでしょう。ぬかるみの水溜まりにおたまじゃくしが群れている、そのことを詠むのに、「も」を使う必要はありません。なのに「も」としたところに、「清き池にはむろんのこと、こんな小さな濁った水溜まりにまで、蛙の子どもがひしめいています。なんとけなげな生の営みではありませんか」と匂わせたがっているのです。ことわざふうやほのめかしは共感よりも反発をまねいてしまうリスクが高いと、今の私は考え、気をつけています。

技17

# 「も」は必然性のあるときにだけ使う

例句 **丸ビルも東京駅も春の雨**

この「も」は「に」ではだめなのかと、句会で聞かれて、どきっとしました。指摘のとおり「に」でこと足ります。「も」だと、そこに書いていないものについても何ごとかを言いたがっているような、ものほしげな印象に。不用意に使ってしまいがちな「も」ですが、必然性のある場合に限る方がよさそうです。

推敲 **丸ビルに東京駅に春の雨**

技18

# 受け身を安直に用いない

例句

**秋暑し芥《あくた》は川へ運ばれて**

句会で言われました。能動態で言えることは能動態にするようにと。「受動態だと、とりあえずそれらしくできてしまうじゃない」。安直なまとめ方だと。散文でも「感じさせられた」とあると、「感じた」でいいだろうにへんにもったいぶっているなと思います。まずは能動態で言えないか、頑張ってみます。

推敲

**秋暑し芥は川を溯《さかのぼ》り**

技19

# 一般化すると、ことわざっぽくなる

例句 **間道のなべて険しき萩の花**

作者には、いくつもの間道を歩いた実感かもしれませんが「なべて」だと、ことわざふうの印象を与えやすい。「どの〜も」「すべての」「〜とは」「〜といふもの」「いづれ」なども、その危険をはらみます。一般化すると言い過ぎになってしまうのでしょう。「なべて」とひとくくりにせず、目の前にあるひとつの間道のことを詠むことにしてみます。

技20

# 慣用表現をはめ込まない

例句　佇《たたず》みて唯我独尊《ゆいがどくそん》秋の空

例句　一夕の遊びせんとや鉦叩《かねたたき》

こういった句に句会で点が入っても、俳人が「これは、はめ込みの言葉だから」とたしなめる場面がままあります。成句の一部を借りてくることで、自分の句を深いものに見せようとするのは、これまた安直であるのかも。貴重な十七音に自分のものでない言葉を使うな、と叱《しか》る俳人もいました。

技21

# ムードのある言葉に頼らない

「名もなき」「見知らぬ」「片隅で」。ムードのある言葉ですよね。十七音の中に入れれば、中身を〝盛って〟くれそうです。でも、ほんとうにそれでいいの？　名もなき花なんてない、オマエが無知なだけだ、図鑑で調べろ、と言われたらグウの音も出ません。吟行で「知らない町」を連発するのも考えもの。はじめて行く町は、どこだってそうでしょうよ。「誰のものでもない森で」？　あり得ない。日本国じゅう私有地または公有地です。

スミマセン。みんな私の言われたことです。

技22

# 否定形は奥歯にものが挟まりがち

**例句** **夕立《ゆだち》あとポストの口の高からず**
**例句** **木犀《もくせい》や墓所への道の遠からず**

「〜からず」は私が苦しまぎれによく作ってしまう形です。「多からず」「深からず」など。この否定形も、技18の受け身形と同じく、とりあえずそれらしくできてしまうからでしょうか。選者に言われました。要するに近いのか。ならば「近い」とハッキリさせたいと。奥歯にものの挟まったような言い方は、俳句では概して歓迎されません。以上、反省シリーズでした。

## 吟行愛用品❹ 文庫版歳時記

電子辞書ではなく、本として持ち歩く歳時記は春・夏・秋・冬・新年で分冊になっている文庫版。新年の巻の巻末にある総索引は、そこだけ切り離し通年持ち歩いています（詳しくは124ページの「心得3」で）。季節の終わり近くには、次の季節の巻との三冊持ちに。季語を前倒しで使うのはOKだそうなので。

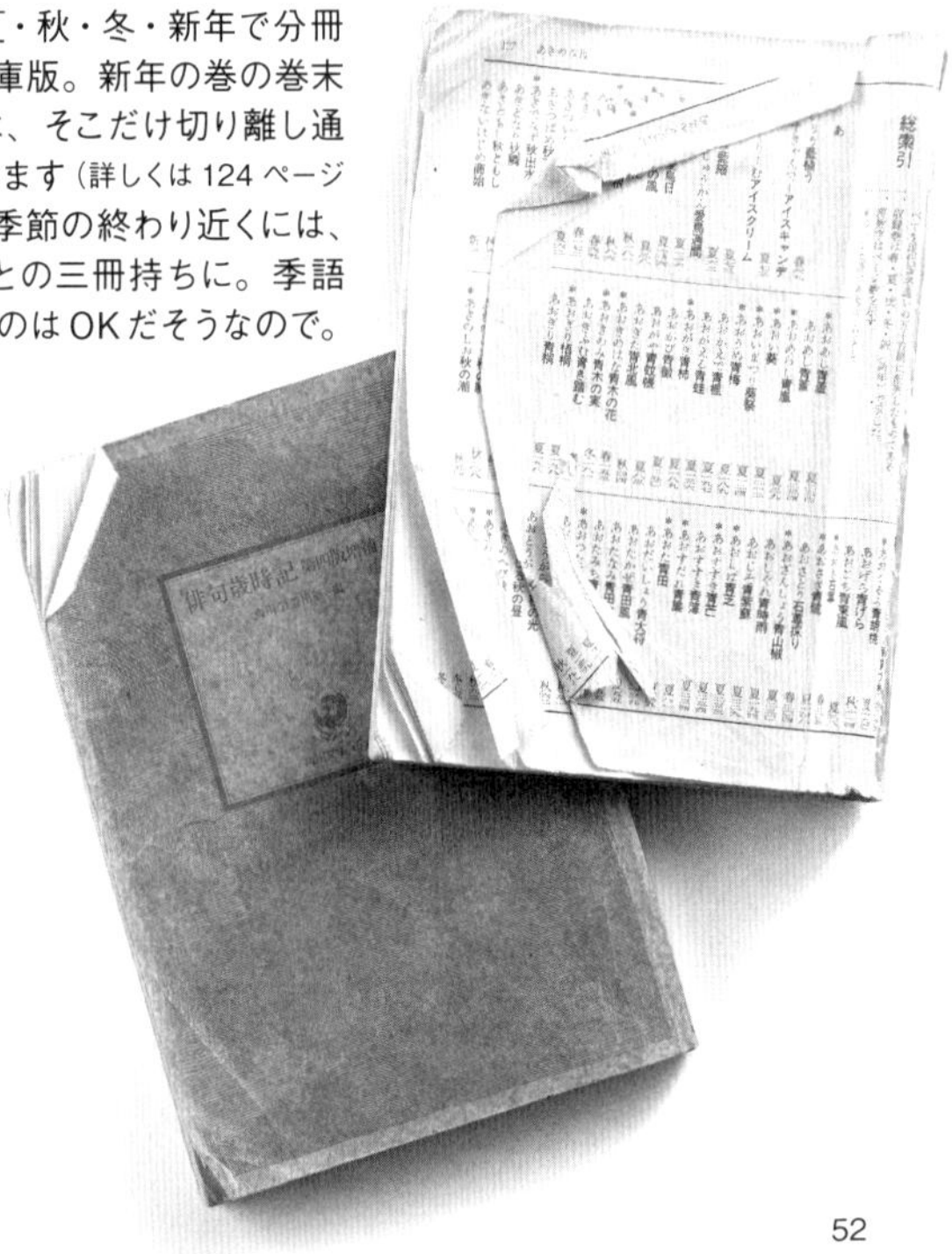

格言 5

# 「関係」をキーに検討する

格言5

# 「関係」をキーに検討する

句会に参加すると、一人か二人には選ばれても、指導役の人からは選ばれずに、むしろ質問を受ける句がときどきあります。「動作の主は別の人？」「作者はどこで見ているの？」「この言葉をここに持ってくるのは無理なのでは？」。選んだ人は答えに詰まる。

そういう場面に遭うたび思います。ああ、こういう句が「惜しい句」なのだなと。選ぶ人がいるくらいだから、惹《ひ》きつけるものはある。番組への投稿なら予選にとってもらえるかもしれない、でも入選には至らない。

入選への対策を常に探っている私ですから、「惜しい句」になんらかの傾向はないかと考えてきました。そのひとつが、「関係」が充分に考えられていないことなのではと思うのです。

「関係」には、いろいろあります。位置関係。詠む人と詠まれる対象との関係。言葉と言葉の関係も。「片方は空、片方は地面。上と下では無理なのでは？」と句会で評されたのは、次のような句です。〈**秋高し轍《わだち》をじつと見てをりぬ**〉。

轍を視線でたどっていった先に秋の空が広がっていた、という解釈が成り立たなくはなく、選んだ人はそのように読んだのでしょう。それでも無理と指摘されたわけは？　位置関係の無理？　それもあるでしょうけれど、それだけではなさそうです。近いものと遠いものを、切れを設けて一句に入れるのは、名句によくある形です。

例句に無理を感じるのは、つなぎの言葉の検討が不充分なためもありそうです。「じつと見て」は視線の固定を示すので、読者の中で視線は空へ上がりにくくなります。例えば次のようにすると、空と地面が例句よりはまだ無理なく、共存できるでしょうか。〈**農道に轍の二本秋高し**〉。

「関係」というくくりは広いので、これまでの格言よりはピンときづらいかもしれません。が、「惜しい句」を脱却したいけど何から手をつけていいかわからないとき、この「関係」をキーに句を再検討するのは、有効な方法に思えます。どんな「関係」があるかは、「技」でご紹介します。

技23

# 屋内を詠むのに屋外の季語はリスキー

例句 **理科室のカーテン厚し秋の雨**

読者は自分をどこに置いたらいいか迷います。場所の関係がわかりにくいのです。屋内のことを句にするなら屋外の季語は避けるのが原則と、句会で言われました。ただし天文の季語でも、次の例なら全体をおおうので無理がないそうです。季語の解説にも「部屋などが湿って感じられる」とありました。

推敲 **理科室のカーテン厚し秋湿《あきじめり》**

技24

# 主語のわかりにくい動詞は消す手もある

例句 **忘れたる夜学のノート拾ひけり**

句会なら必ず出るだろう質問が「忘れたのは誰？」「作者、それとも別の人？」。こういう例は多いです。読者を迷わせる原因は「忘れたる」にありそうです。動詞があると、主語は誰かと思います。主語を明示するかわりに、いっそ動詞を消してしまう手もあるでしょう。

推敲 **下駄箱に夜学のノート拾ひけり**

技25

# 作者の立ち位置で読者を迷わせない

例句

**沈みたる車の窓に鯔《ぼら》映る**

車が海に沈んでいる情景にはどきりとしますが、よく考えると、鯔が窓に映るおのれを見ている？　それとも作者が見ている窓を、鯔が横切る？　後者なら作者も海底にいなければならず、無理があります。次のようにすると、作者の立ち位置で読者を迷わせず、情景そのものを思い浮かべてもらえそうです。

推敲

**沈みたる車を鯔の出入りする**

技26

# 言葉のかかりぐあいを、切字で明確に

例句

**秋耕の畝《うね》のまっすぐ鍬《くわ》を措《お》く**

言葉と言葉の関係の話です。この句について句会なら聞かれるでしょう。「まっすぐ」はどこにかかるの？　作者としては「まっすぐ」の後で切れるのでしょうが、まっすぐに措くという読みも成り立ち、わかりにくいという指摘です。ここで切字《きれじ》を使うと、言葉と言葉の関係がはっきりします。

推敲

**秋耕のますぐな畝や鍬を措く**

技 27

# 鮮やかすぎる対比関係は控える

例句 **洗ひ上げ白くくもれる黒葡萄《ぶどう》**

葡萄の皮には洗っても白い粉のようなものがついていて、黒葡萄では特に目につきます。「見たままではあろうけど、白は削りたい。黒という両極を成す言葉があるので」と句会で言われました。

生と死、天と地など、対比の鮮やかすぎる言葉を一句の中に入れない方がいいとは、よく聞きます。句がおおげさに、あるいは様式的になってしまうからでしょうか。なにげなく置いた言葉がそうした関係になっていないかどうか、再検討します。

推敲 **洗ひ上げはつかにくもり黒葡萄**

技28

# 縁語めいた関係を避ける

例句 雁《かりがね》や記帳の人の長き列

これも句会で指摘されました。鳥は魂の象徴だし、雁は列をなすもので記帳の列と近すぎると。縁語めいた関係になっているのです。「縁語」とは、意味上の関係のある言葉を用いて表現効果を高めるもので、逆にいえば意味の出すぎるリスクをはらみます。

取り合わせで作るときは特に、響き合う言葉を探すうちに、つい意味のつながりで選んでしまっているかもしれません。「雰囲気《ふんいき》よくまとまった」と思えたときこそ、点検が必要そうです。

### 吟行愛用品❺ 消えるボールペンと消しゴム

句会によってはシャープペンシルや鉛筆での投句が不可のところも。「でも書き間違えてしまったら……」。ご心配なく、このボールペンなら、書きあがりはふつうのボールペンと同じだけれど、ペン頭のラバー部や専用の消しゴムふうのものでこすると消えて修正できます。

格言 6

# よくある詠み口に陥《おちい》らない

格言 6

# よくある詠み口に陥《おちい》らない

控え室で選者としばしば話題になるのが、投句に「あるある」のパターンです。兼題が「陽炎」なら、陽炎の向こうに何かが「消える」という句がたくさん来る。「種袋《たねぶくろ》」だと、とりあえず「振る」。「竹夫人《ちくふじん》」は、やたら「蹴飛ばす」。その季語にありがちな発想です。

それとは別に、季語に関係なく出てくる「あるある」パターンも選者から聞きます。例えばこんな句。

**〈長き耳揃《そろ》ふ法事や菊膾《きくなます》〉**。

「よくある詠み口ではありますね」と評されました。集まった家族親族に似た特徴がある、という句はとても多いそうです。形としてはできている。下手ではない。でも「またか」と思ってしまい、とりづらい。

他に例えばどんなものが、と聞くと「一礼す」。一礼をして山に入る、一礼をして土俵去る、とか。村の墓がみな同じ姓、同じ方を向いて立っている、など。

はじめは笑っていた私も、だんだんにひきつってきました。まったく同じ発想の句を作っている……。番組へは、選者にわからぬよう別の名で投句していますが、そうしておいてよかったと、このときほど思ったことはありません。

どうして似通った発想になってしまうのか。「俳句らしく作らねば」という気負いと、「こういうものが俳句らしい」との思い込みは、まずありそうです。

読む経験の少なさもあるでしょう。人の句をたくさん読んでいれば「いい句ができた！」と一瞬は思っても、「いや、似たような句、誰かのであったな」とわれに返り、投句へのブレーキがかかります。

パターンの例は、「技」の方に挙げていきます。今回は十七音のかたまりをなす前の発想についての話なので、例句→推敲という形をとらずに〝技〟を述べます。

皆さんには思い当たるもの、ありませんか？

技29

# とても危険な「場所＋〝ひとつの〟＋物」

多くの俳人から挙がるベストセラーにしてロングセラーというべき「あるある」が、「どこどこにひとつの何々」です。島にひとつの信号機、村にひとつの荒物屋、といったもの。それなりに形がつき、イメージの喚起力もあるので、ついこの方法でまとめたくなる。が、私にとって便利な方法は、みんなにも便利なわけで。「名句にだってあるじゃない」？

そう、すでにあるからこそ「またか」になりやすい。

よくある、
に陥らない

技30

# 3Kの誘惑、わびさびの魔力

「軋《きし》む」「傾《かたむ》く」「欠《か》けた」は3Kと呼び、私が警戒するものです。加えて「錆《さ》びる」は、句会でもとても多く「よはどでないととらない」と断言する俳人もいました。きれいでないもの、不完全なものを詠むのが俳句らしいと思うからでしょうか。わびさびの感じも出ますしね。「裏口」「単線」「廃校」「無人駅」もこの系統かも。詠んでいけないわけではないけれど、ハードルをみずから上げてしまいます。

# イメージの出どころを探る

柿といえば夕陽に照らされ、雁《かり》の列といえば塔をよこぎる。シーンができた。ちょっと待て。このイメージの出どころはどこ？　童謡の本にあったイラスト、観光絵はがき？　すなわち日本の原風景、私たちの記憶の共通項、誰もが思う最大公約数的なイメージであって、〝ザッツ・あるある〟。あまりにすんなりシーンができたら、何かの刷り込みではと疑ってみます。コマーシャル、映画など危険はいっぱい。

よくある、
に陥らない

技32

# セットの言葉はいったん解体する

「すくすく」育つ、「でっぷり」太る、「どっかと」腰を降ろしたる。用法は正しく、散文ならば伝達力が高そう。でも俳句でこういう表現が出てくるとそれだけで、一句が見慣れた印象になってしまうと聞きました。成句と似て、はめ込みの感じがするからでしょう。特に副詞に多い気がします。ひとつの言葉と自然にセットでついてくる言葉は、いったん外して、それを使わずに言えないかを考えます。

よくある、
に陥らない

技33

# 母は縮む?!
# 既成の観念で作らない

母は小さくなり、どこへも行かない。父の背中は広く、子ははしゃぐ。「あるある」ですね〜。母とはこういうもの、という社会通念に、発想をつい合わせてしまうのです。よく見て、ほんとうに縮んでいる？　観念で作らず、写生に立ち返るのが、「あるある」を脱する方法のひとつ。人の句をたくさん読むこともそう。どこにも行かぬ母の名句を知ったなら、おいそれとは似たような句を出せなくります。

# ちょっと目立つ言葉を入れてみる

最後は句で示します。

例句 山々を背にして障子《しょうじ》洗ひをり
推敲 月山《がっさん》を背にして障子洗ひをり

「月山という固有名詞が効いている。そうでなければとらなかった」と句会で言われました。発想は同じでも言葉の工夫で「あるある」を抜け出せることがある。でも「背負ひて」にまですると、たぶん過剰。季語以外に効かせる言葉は、私はひとつに限っています。

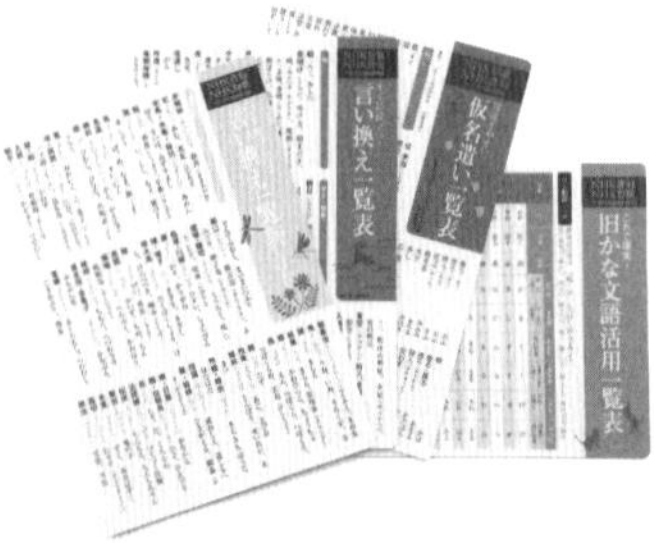


### 吟行愛用品❻ 仮名遣い一覧表

「NHK俳句」テキストの定期購読特典（2015年度）の下敷。旧仮名に弱い私は、投句前にこれでチェックするようにしたら、誤りが激減しました。使っているうち正しい仮名遣いを覚えてもきた。テキストの折々の付録や特典は、とても実用的。

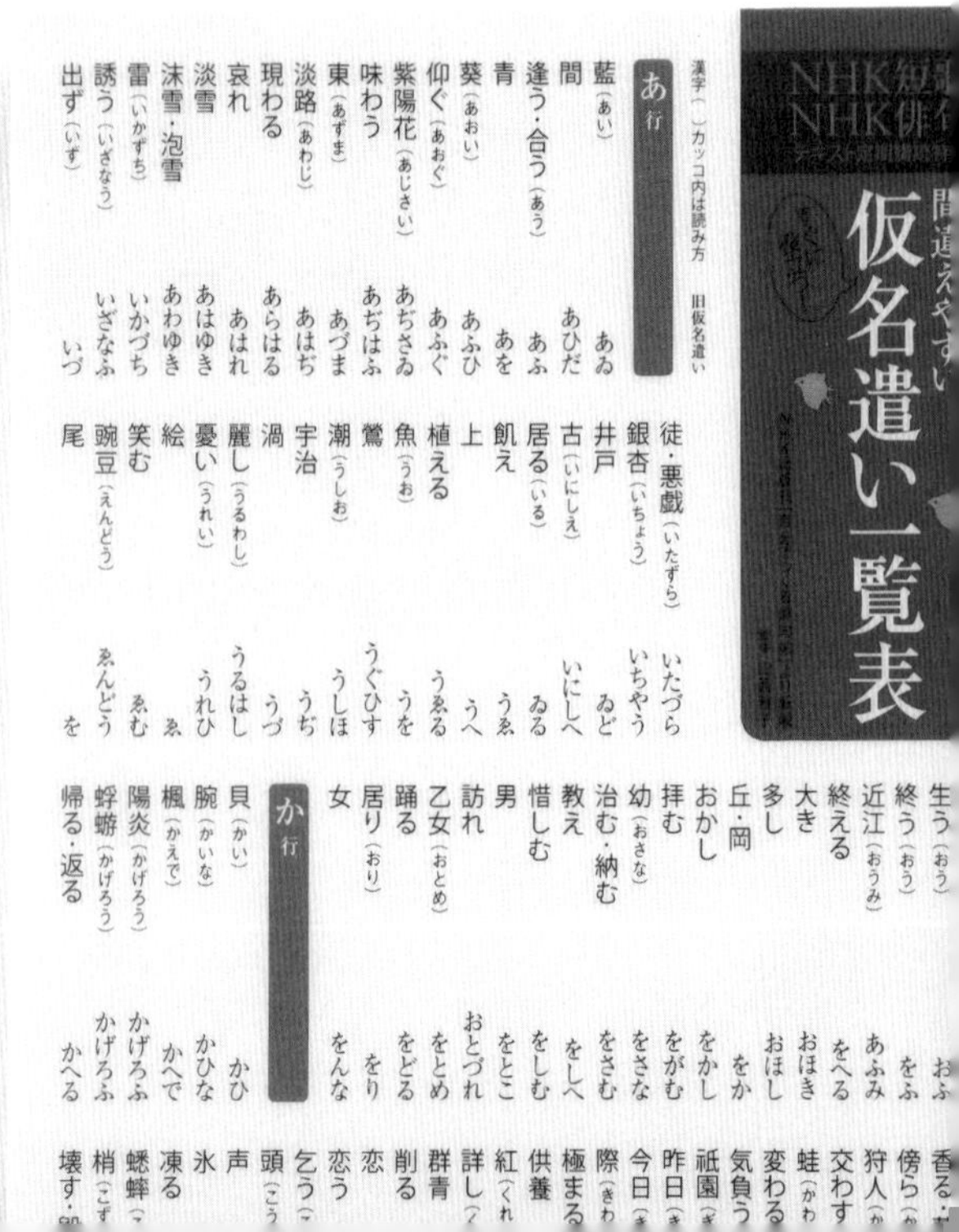
NHK短歌
NHK俳句
間違えやすい
仮名遣い一覧表

漢字（ ）カッコ内は読み方　旧仮名遣い

あ行
藍（あい）　あゐ
間　あひだ
逢う・合う（あう）　あふ
青　あを
葵（あおい）　あふひ
仰ぐ（あおぐ）　あふぐ
紫陽花（あじさい）　あぢさゐ
味わう　あぢはふ
東（あずま）　あづま
淡路（あわじ）　あはぢ
現わる　あらはる
哀れ　あはれ
淡雪　あはゆき
沫雪・泡雪　あわゆき
雷（いかずち）　いかづち
誘う（いざなう）　いざなふ
出ず（いず）　いづ
徒・悪戯（いたずら）　いたづら
銀杏（いちょう）　いちやう
井戸　ゐど
古（いにしえ）　いにしへ
居る（いる）　ゐる
飢え　うゑ
上　うへ
植える　うゑる
魚（うお）　うを
鶯　うぐひす
潮（うしお）　うしほ
宇治　うぢ
渦　うづ
麗し（うるわし）　うるはし
憂い（うれい）　うれひ
絵　ゑ
笑む　ゑむ
豌豆（えんどう）　ゑんどう
尾　を
生う（おう）　おふ
終う（おう）　をふ
近江（おうみ）　あふみ
終える　をへる
大き　おほき
多し　おほし
丘・岡　をか
おかし　をかし
拝む　をがむ
幼（おさな）　をさな
治む・納む　をさむ
教え　をしへ
惜しむ　をしむ
男　をとこ
訪れ　おとづれ
乙女（おとめ）　をとめ
踊る　をどる
居り（おり）　をり
女　をんな

か行
貝（かい）　かひ
腕（かいな）　かひな
楓（かえで）　かへで
陽炎（かげろう）　かげろふ
蜉蝣（かげろう）　かげろふ
帰る・返る　かへる
香る・
傍ら（か
狩人（か
交わす
蛙（かわ
変わる
気負う
祇園（
昨日（き
今日（き
際（きわ
極まる
供養
紅（くれ
詳し（
群青
削る
恋
恋う
乞う（こ
頭（こう
声
氷
凍る
蟋蟀（こ
梢（こず
壊す・

格言 7

# 季語を下手にいじくらない

格言7

# 季語を下手にいじくらない

俳句を作る上で避けて通れないのが、季語です。季語のない俳句をめざす人もいるでしょう。それはそれでひとつの立場です。

私は季語を頼りとしています。俳句にせっかく季語があるからには、味方につけなきゃもったいない。そして味方とするからには、最大限の力を借りたい。それには季語とどう向き合うか。

自分の句を例にしましょう。〈**身に入《し》みて立子《たつこ》の椅子《いす》の小《ち》さきこと**〉。

鎌倉にある虚子立子《きょしたつこ》記念館を訪ねたときの句です。展示してあった椅子の小ささに胸をつかれました。病で右半身の自由を失ってから、左手に鉛筆を持ち替えて、選や校正などを続けた椅子です。こんな小さな椅子におさまる、しかも不随意な体で、結社を率いる責任を背負っていたのだなと、しみじみと感じ入り「身に入む」という季語と結びつきました。

句会で俳人から言われたのが、内容は悪くない、けれど季語「身に入む」を「身に入みて」と変形させたのはよくない。「身に入む」という歳時記に載っている形の方が季語は生きるし、はたらきも強いと。そうなのか！

**〈身に入むや立子の椅子の小さきこと〉**とすることも、作っている途中で頭にはありました。でも「季語＋や」なんて当たり前すぎるように思えてしまったのです。

季語に少しなじんでくると、自分流にアレンジして使ってみたくなるものです。読む人に「おっ？」と思ってもらえるかもしれないし、「こんなひねり技をくり出せるなんて、私もだいぶ季語の扱いに慣れてきたな。ちょっとは上達したのかも」とまんざらでもない気がする。

とんだ考え違いでした。季語は下手にいじらない。人と人との付き合いでも、最大限の力を発揮してもらうには、相手を尊重しなければ。それと同じといえそうです。

尊重するとは具体的にどういうことか。「技」で見ていきましょう。

技35

# 活用語の季語も、なるべく活用させせない

例句 **温みたる水押し分けて接岸す**

「水温む」の動詞を活用させてオリジナリティを出そうとしましたが、句会で指摘されたのは、活用語を含む季語も、活用させず原形で使う方がいい、ということ。

原形で作り直そうとして、気づきました。「水温む」は単に「温い水」ではなく、寒さがゆるみ万物が動き出すこと。船が止まるという内容と合わなかった。原形と向き合うと、季語の本意の理解も深まります。

技36

# 季語をむやみに分解しない

例句　**出《い》できたる大講堂や花の冷え**

「花冷え」だと音数が足りない、下五に季語＋「や」は置けない、苦しまぎれに「花」の「冷え」と分けた。句会に出すと、たぶん言われます。「歳時記に〝花の冷え〟は載っていますか？」。特に四音の季語では、分解してしまいがちです。例句に採られていることもありますが、まずは分けずにできないか考えましょう。

推敲　**花冷えや大講堂を出できたる**

技37

# 見出し季語(主季語)は傍題より強いと心得る

例句　その辺り空低くあり冬至梅《とうじうめ》

見出し季語「冬の梅」は誰でも使いそう、言い換えた方がかっこいいかも、「冬至梅」なら音数は同じでうまくはまる。その考えを選者に見抜かれました。季語としてのはたらきは、見出し季語がもっとも強い、傍題を使うときはよく考えて、と。もっとも強いはたらきを、安易に手放すのはもったいない！

推敲　その辺り空低くあり冬の梅

# 季語を比喩に使うときは慎重に

例句 **白菊のごとき額に手を置きぬ**

眠っている人なのか、永遠の眠りについた人なのか、読んでどきりとする句です。が、季語を尊重する立場からは、季語を比喩《ひゆ》には使わないそうです。実体としての白菊は、そこにはないから。

清浄感を白菊に託したいなら、比喩にしない詠み方もできるし、その方が安全かもしれません。

推敲 **白菊や汝《なれ》が額に手を置きぬ**

# 実体を感じさせるなら季語は比喩にも使える

季語を比喩に使って「いけない」わけではありません。

俳人の間でも考え方は分かれるそうです。

技38の例句も、額を「白菊」に喩えるのは白菊の咲く季節だから、季節が違えば「白椿」など別のものが思い浮かんだかもしれない、あの句の「白菊」は比喩でも季感を持っている。そう考える人もいます。

実体としての季語がなくても、実体を感じさせるならよい、とする考え方もあるそうです。

例句 **たとふれば独楽《こま》のはぢける如《ごと》くなり**　高浜虚子《たかはまきょし》

俳句観をめぐって火花を散らした河東《かわひがし》碧《へき》梧桐《ごとう》との友情

を、虚子は「独楽」に喩えました。が、そうしたことを知らずに読んでも、唸《うな》りを上げて回りながら勢いよくぶつかりあうふたつの独楽が、この句からたしかに見えます。

季感はまだしも、実体を感じさせるかは、詠む当人には判断しがたいものです。他の詠み方を検討した上で「やっぱりここは比喩にはなるけど、この季語を使いたい」という強い気持ちが残るならそれに従い、あとは読み手の判断に委ねる。それも季語との誠実な向き合い方だと思います。

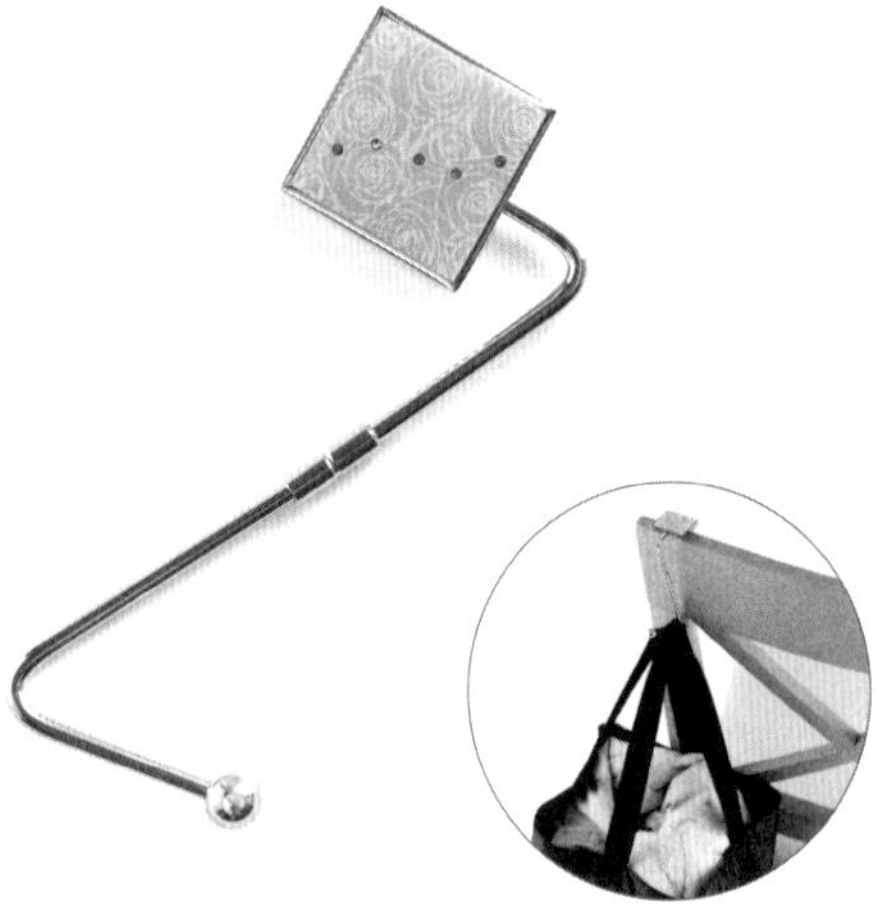

吟行愛用品❼ バッグホルダー

句会場はたいてい狭い。カバンを置ける余分な椅子も、かけるところもないことが多い。その悩みを解決！　コートのあるときは薄いナイロンバッグも持ち歩き、丸めて入れればご覧のとおり。コートホルダーにもなるのです。

格言 8

# 季語をとってつけない

格言 8

# 季語をとってつけない

季語との向き合い方がぞんざいになっているかもと思うのが、取り合わせ（季語と季語以外のものを組み合わせる作句方法）で作るときです。

兼題で季語の現物がないから詠みづらいとか、現物はあるけれどそのものを詠むのは難しそうだからというとき、何かをつける。

これらのケースは、季語が発想のスターターなのでまだいいですが、取り合わせで作らないといけない、より現実的なケースは、季語以外から発想するときでしょう。季語以外の題が出た。季語以外の部分を先に思いついた。それだとどうしても、季語をあとから選ぶ必要に迫られます。

〈**冬うらら掃き癖のある竹箒《たけぼうき》**〉。「癖」という題で作った句です。句会に出すと、俳人から、微妙だ、と評されました。

竹箒の先が、長年にわたる力の入れ加減で曲がっている。箒という身近なものと人との関係や、外を掃くのにふさわしい日和《ひより》に、「冬うらら」が合っているともいえるし、「冬うらら」でなくてもよさそう。

読む人にはわかってしまうものだなと、思いました。作っている最中の私は、竹箒までを思い描けたところでホッとしてしまい、季語は歳時記の目次をざっと見て「あっ、合いそう」と感じたものを、無造作にとってつけたのです。

季語は置くのではない、はたらかせるものだと、そのとき言われました。よく聞く、季語がうごくかどうか、という話と似ているかもしれません。「これしかない」というひとつに決まれば理想的ですが、取り合わせの句で少々季語がうごくのは、正直やむを得ない気がします。

季語を選ぶという考え方そのものが、季語を尊重していないとの指摘を受けるかもしれません。季語以外の部分の方を、季語に合わせて選ぶのが、本来なのでしょう。が、現実問題そうもいかないケースがあるのは、冒頭に述べたとおりです。

そうしたケースでも、最後まで気を抜かないで季語と向き合いたいと思います。

# 正反対の季語に入れ替えてみる

季語がはたらいているかどうかを確かめるひとつの方法が、正反対の季語に入れ替えてみることです。

例句 **林道に缶切りひとつ夏終る**

例句 **林道に缶切りひとつ夏始め**

「夏始め」はキャンプの人の落とし物が残っているようすと合わない。もし入れ替えても成立するなら「夏終る」ははたらいていない、といえます。「短日／日永」「新緑／紅葉」など、いろいろ試せそうです。

技41

# 何にでも合わせやすい季語は一考を

例句 **アパートの鉄の階段鳥雲に**

こういった句を出したとき、選者が渋い顔で「〝鳥雲に〟とか〝草の花〟は何にでも合ってしまうからねえ……」。合わせやすい季語の句は、厳しめに読むとのこと。

経験の浅い私たちは何が「合わせやすい季語」かよくわかりませんが「困ったときにとりあえずよく使う季語」があるなら、つけて一丁上がりとせず、ほんとうにそれがベストか考えましょう。

技42

# 入れ替えにより、詠みたいことがわかる

困ったときの「鳥雲に」をやめ、入れ替えてみる。

**例句 アパートの鉄の階段秋暑し**

**例句 アパートの鉄の階段寒北斗**

やりきれなさ、きりっとした感じ。季語によって句の印象が変わり「私はこれを、鉄階段に感じていたのだ」とわかります。季節が違うと投句はできませんが、季語力を鍛え、自分を掘り下げることにつながります。

技43

# とってつけた感がないか、検討を

例句 **鉛筆で描く間取り図冬木立**

季語以外のフレーズに詩情があり、惹かれるけれど「冬木立」とどう響き合うのか実はよくわからない。他の季語でもよさそう。とってつけた感のする句は、季語がはたらいていない可能性があります。

推敲 **鉛筆で描く間取り図冬木の芽**

これだと何かがはじまろうとしている感じが、下絵の段階の間取り図と合いそうです。

# 季語の本意をふまえた上で、距離をとる

例句 川をゆく舟の一艘冬《そう》ざるる

頼りなげな一艘が、荒れさびた感じをいう「冬ざるる」と合い、孤舟とでも題した墨絵になりそう。でもこうした、季語とべったりついた句は、似たようなものが多くなり、取り合わせの句としてもよいとは言えない、と教わりました。季語の本意をふまえた上であえて離すと、脱・類想できるかも。

推敲 川をゆく舟の一艘春近し

技45

# 季語の「質量」を念頭に置いて選ぶ

例句
**虎落笛《もがりぶえ》茶碗を水に漬けてある**

不整合はありません。風が電線などに当たって鳴る音は、家の中でも聞こえます。でもなんかへんなのは「虎落笛」というヘビーな季語が、茶碗を水に漬けてあるというようすの、さりげなさと合わないのでしょう。

季語にはそれぞれ「質量」がある、季語以外のフレーズとのバランスとを考えて、と言われます。例句では、ライトさが受け止められる季語に変えてみます。

推敲
**隙間《すきま》風茶碗を水に漬けてある**

吟行愛用品❽ 晴雨兼用傘とたためる帽子

吟行中は降ったり照ったり。全天候型装備が必要です。晴雨兼用傘なら一本ですむ。用のないときは折りたたんでバッグへ。帽子もたためるものを選びましょう。でないと、脱いだときの持ち歩きにも、句会場での置き場にも困りがち。

格言 9

# 見てきたような嘘《うそ》をつく

格言 9

# 見てきたような嘘《うそ》をつく

　さまざまな句会に参加していると、次のようなことがよくあります。〈**バス下る昼の坂道雪柳**〉といった句が出る。バスで下ったという設定が適切かどうか、という疑問が呈される。作者が言う、「だってほんとうにバスで下っているときに雪柳があったんです」。指導役の人が諭《さと》す。「俳句は事実そのままでなくていいんです」。雪柳のハッとするほどの白さを詠みたいなら、バスから見たのでない方がいいかもしれない、昼よりも夕方の方が白さは目を引くかもしれない。「俳句では嘘をついてもいいんです」。

　見たままを文字にすることからスタートした私は、とまどいます。

　虚を入れることに、より積極的な句会もありました。実ばかりではきゅうくつになる、十七音のどこかに虚を仕掛けよ、と。何をどうしたらいいか、私はわからず、とにかく現実離れしたことを詠もうと、〈**亡き人とすれ違ひたる花の山**〉みたいな句を出しては、点を得られずにいました。

ヒントは俳句とは別のジャンルにありました。井上靖《いのうえやすし》の歴史小説のひとつで、後漢《ごかん》時代の砂漠を舞台とする「洪水」という作品です。長くなるため引用はできませんが、西域へ派遣された兵の隊長が、洪水と二度目の交戦をすべく、丘の上から先発隊に進撃を命じる。一度目は激流に突入し槍《やり》をふるうと、水は退《ひ》いていっている。が、今回は丘を駆け下る軍勢の先頭が、迫り来る黄色い濁流とふれあった瞬間、軍勢は跡形もなくかき消えていた。そのシーンを読んだとき私は、洪水の圧倒的な力にゾッとしました。一度目の勝利はたんなる偶然でしかなかった。

後漢時代の砂漠のできごとなんて、作者は見たはずありません。史書にも砂漠で洪水と戦って勝利した隊長がいたとの記述が数行あるだけ。負けるシーンは作者の、まったくの作りごとです。でも見てきたように書けば、読み手に見えます。読み手に見えれば、虚実はもはや問うところではなくなるのです。

嘘をついていい、ただし嘘っぽくならないようにつく。ハイリスク・ハイリターンを覚悟で、ときどき挑戦しています。

技46

# 現実でなくても思いきって言い切る

例句 **空に穴あけゐるごとく威銃《おどしづつ》**

乾いた音を断続的に放っている威銃。あれだけ撃てば空が穴だらけになりそうですが、むろんどこにも穴はなく、爽《さわ》やかな秋空です。現実にはない穴だから「ごとく」と比喩にしておけば、間違いはありませんが常識的な印象です。いっそ次のように言い切るのはどうでしょうか。

推敲 **すぐ穴のふさがる空や威銃**

技47

# 疑問形で虚実の中間をねらう

例句

**郭公《かっこう》の声の湖面にはね返る**

現実そのままで句としては物足りない感じ。

推敲

**郭公の平らにしたる湖面かな**

と言い切る方法もありますが、嘘っぽくならないか不安。

そういう場合、〝逃げる〟というと表現が悪いですが疑問形を用いて、言い切る寸前で止める方法も考えられます。

推敲

**郭公の平らにしたる湖か**

技48

# 「あり得ない」の指摘を命令形でかわす

例句 **港の夜海月《くらげ》無言で浮かびをり**

海月が無言なのは当たり前。

推敲 **港の夜更けてもの云《い》ふ海月かな**

逆にものを言うことにすると、「海月は声を出しますか」との指摘を受けそう。

推敲 **海月もの云へ桟橋の午後十時**

命令形なら、現実には起きていないことだから指摘に耐えそうです。状況はより具体的にしました。

## 技49

# 反対の言葉に置き換え、効果を探る

**例句　貨物船来たり海市《かいし》のくづれたる**

蜃気楼《しんきろう》を見ることができたけれど、貨物船が来たなと目で追っている間に消えてしまった。事実はそうであっても、「たる」を「ざる」に変えてみます。

**推敲　貨物船来たり海市のくづれざる**

船が通り抜けても依然としてある、透明な街のような蜃気楼。船すらも異界から来たような不思議さが漂います。

技50

# 大胆にドラマを作ってみる

例句 **虫の夜や心細さの深まりて**

虫の音を聞いていると、命のあわれが思われて、しだいに心細い気持ちになるものです。が、例句はストレートに過ぎます。

推敲 **虫の夜やわれのだんだん小さくなる**

推敲 **虫の夜や地上にひとりあるごとく**

「心細さ」を言い換えてみましたが、抽象的であったり理屈っぽかったりします。

大胆にドラマ仕立てにするのはどうでしょう。

推敲

## 不時着の最初の夜の虫しぐれ

自分に現実に起きたことではないけれど、状況は先の推敲よりも具体的です。

ときには体験を大きく離れ、架空のことを詠んでみるのも、俳句では許されると私は思います。そのときは、思いきって「なりきる」のがだいじ。演じ手がためらっていると、観客もドラマの世界へ入りにくいものです。

技51

# 「ない」と言って、想像させる

例句 冬天や血痕《けっこん》ひとつなき広場

血痕がひとつもないのは、革命とも戦争とも無縁の平和な広場でしょう。冬晴れのもと、人々が陽ざしを楽しんでいるかもしれません。その平和なようすを詠むのに、「血痕」をわざわざ出してくると、別のとき、またはこの今も別のところには、血塗られた広場のあることを思わせます。「ない」と言っているから、現実に即してはいます。が、「ない」は「ある」を想像させます。現実にはそこにないものを、読者に見せる効果です。

## 吟行愛用品❾ 虫除けと日焼け止め

夏場の思わぬ敵が蚊。刺されるとかゆくて集中できない。スプレータイプの虫除けで、なるべく小型のものを選んでいます。お肌の敵は紫外線。特に手の甲は、家を出る前につけても洗うととれてしまう。こちらは春、秋も必携です。

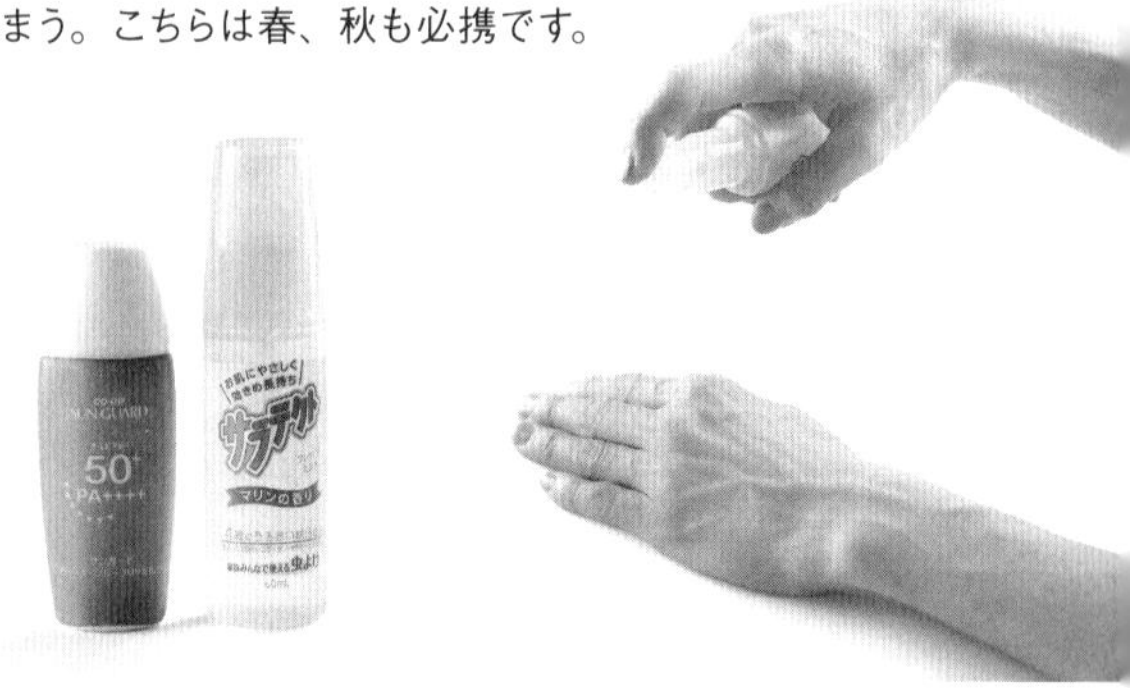

格言
10

# つぶやいて
# 音を確かめる

格言10

# つぶやいて音を確かめる

句会で選んだ句を自分で発表する形式のとき、いいと思ったはずの句が意外と読みづらくて、もたついてしまい、選そのものまでこれでよかったかどうか不安になってくることはありませんか。

字で見た印象と音にしたときの印象は、かくも違うのです。

それを思うと作るとき、できれば声に出して推敲したい。席題での投句ではそうもいかないので、せめてつぶやいて音を確かめます。

読むときにいちばん困るのは、どこで切ればいいかわからない句です。なので切れをわかりやすくする方法は、俳句をはじめて比較的早いうちに教わります。切字「や」を入れて示すとか、終止形で言い切るとか、技04に書いた「名詞＋中七《なかしち》＋名詞」の形を避けるとか。

そうした教えを守ってもなお、リズムが悪いと指摘されることがあります。私が句会に出した例では、〈**警笛の長し春日の巡視船**〉。合評の際とらなかった人から、内容は悪くないけど調べがよくない、と。

句またがりが望ましくないということかと、そのときは思いました。「長し」の終止形により、中七の途中で切れています。

が、指摘の真意は別のところにあったと、のちに私は理解しました。**〈冬晴れや池のかすかに流れをり〉**。句会で言われたのは、「や」で切らずに「の」でつなぎ、**〈冬晴れの池のかすかに流れをり〉**として、池面の水が動き続けているという内容と調べを一致させた方がいい、と。

そうです、気にすべきは、リズムが内容に合っているかどうか。巡視船の句についての指摘も、句またがりそのものを望ましくないというものではない、警笛が長々と響くという内容に「長し」とすっぱり切れるのが合わなかったのだと、そのときようやく理解できたのです。

俳句は定型詩ですから、五七五のリズムで読めるといちばん安定感があります。五七五のリズムを基本と心得た上で、あとは内容との相性が推敲のポイントです。

技52

# 中七を守るのは最優先にする

例句 **白南風《しろはえ》や湾岸道路は六車線**

中七はうっかり中八になりがちですが、字余りの中でもっとも厳しく見られるようで、それだけで選から外すという俳人もいます。冗漫な感じになり、定型の崩れを強く印象づけるからでしょう。歳時記に載っている句にもありますが、ハイリスク・ローリターンと考えましょう。

推敲 **白南風や湾岸道路六車線**

つぶやいて
確かめる

技53

# 上五の字余りは許容されやすい

例句 **黒ブーツ二十歳の足を組み替へて**

中七、下五にくらべて許容されやすいのは上五です。十七音にどうしても入らない、あるいは定型を崩す挑戦をしたいなら、まずは上五から。例句は定型のリズムに収まっていますが、成人式の日に電車の中でふてぶてしく足を組み替える若者の強がりや自己顕示欲を、調べにも表そうと試みた推敲です。

推敲 **ブーツは黒二十歳の足を組み替へて**

技54

# 効果をねらい五七五をあえて崩す

例句
**杣道《そまみち》を奥へ奥へと夏の蝶《ちょう》**

杣道は樵《きこり》が通る山の中の道。定型に収まった例句のままでも投句できそうです。が、情景を考えましょう。季語の「夏の蝶」は揚羽など大型の蝶です。ゆらりゆらりと幹の間を見え隠れしながら、里人の知らない山の奥へ分け入っていく。その不安感、謎《なぞ》めいた感じを表すのに次の形ではどうでしょうか。

推敲
**奥へ奥へと林道を夏の蝶**

技 55

# やさしい印象の「ウ音便」「イ音便」

例句 **買ひて来し盆提灯《ぼんぢょうちん》の置きどころ**

動詞には「音便」というものがあります。本来の発音から言いやすい発音に変化していくことで、「買ひて」なら「買《こ》うて」、「咲きて」は「咲いて」に。この「ウ音便」や「イ音便」は概してもとの発音よりやわらかい印象を与えます。しめやかな心持ちを詠んだ例句には「う」のやわらかさが合いそうです。

推敲 **買うて来し盆提灯の置きどころ**

技56

# 濁音の効果を考えて使い分ける

例句 **やはらかき指で拾ひぬ桜貝**

句会では「で」の濁音が気になると言われました。「で」は「にて」「もて」に言い換えられます。指のやわらかさ、拾う手つきの繊細さに合わせます。

推敲 **やはらかき指もて拾ふ桜貝**

濁音を一概に避けるべきなのでは、もちろんありません。例えば家族連れの観光客で混み合う、市場の立ち食い寿司のこんなシーン。

例句 **ベビーカー腹もて押さへ鮨《すし》を食ふ**

推敲

**ベビーカー腹で押さへて鮨を食ふ**

がさつな光景には「で」の濁音が合うように思います。やはり内容との相性なのです。

# 調べの弱点が句の魅力になることも

例句 **ゴリラ二頭一頭座る花の下**

句会で指導役の俳人だけがとった句です。スムーズに読み下せないところに、ゴリラのごつごつした体型や、一頭ずつ離れて没交渉に過ごす感じが出ている、春愁の感じもある。一般的には難のあるリズムだが、そこがむしろ、魅力となることもあり得るとの選評。

ハイリスク・ハイリターンですが、内容に合えば挑戦してみたいです。

吟行愛用品❿ コンフォートシューズ

靴は歩きやすいのがいちばん。でもスニーカーはカジュアルすぎて、行く先によってはためらわれる。革製のコンフォートシューズなら、見た目はふつうの革靴、底は平らでクッション性があり疲れにくくておすすめです。

第2章

# 俳句を学ぶ7つの心得

第1章では、作句に役立つ10の格言と、
その格言を実践していくための
具体的な57の技をご紹介しました。
第2章では、俳句を学ぶ7つの心得について、
ふだんの作句の体験からお話しします。
今日が投句の締切直前のかたにも、
明日は句会だ！　というかたにも、
ちょっとしたヒントになるかもしれない
心構えのお話です。

心得1 行き詰まったら直前に作る

心得2 添削はわがことと思う

心得3 総索引で季語力を養う

心得4 鑑賞は上達のチャンス

心得5 継続で自信をつける

心得6 「迎える」つもりで季節と向き合う

心得7 同好の士を励みとする

心得 1

# 行き詰まったら直前に作る

俳句をはじめると、自分の作る五七五がどのくらいのレベルにあるのか知りたくなるもの。句会に出ていないから「NHK俳句」への投句が、自分の句を人に読んでもらえる唯一の場という人もいるでしょう。私の手帳には、番組の投句締切である毎月十日と二十五日に印をしてあります。兼題の発表から投句締切まで、幸いにして時間はあるので、テキストに載っている選者による兼題の解説を折々に読み返し、じっくりと取り組むつもり。

けれどもなかなかできません。力が入りすぎるのか。あれこれ考え、かえってまとまらないのか。

そんなとき私がとっている方法があります。あえて締切直前に作るのです。インターネット投句を例にとれば、締切は夜の十二時ですが、それまでは焦る気持ちを抑えつけ、十一時になったら作句解禁。歳時記、辞書、筆記用具のみを置いた机で一心に。

句会に出ているかたは、席題で作ることがあるでしょう。「何時まで」と言われたときは「えーっ、無理」と思うけれど、予想外の集中力が引き出され、結局投句できている。まさに、あの感じです。兼題ではあるけれど、席題もどきの時間設定で作るのです。

「絶対できない」と思った兼題もこの方法でなんとか作り全回投句し、今のところ皆勤賞！　参加することに意義がある……わけではないけど、投句なきところに入選なし、です。

心得 2

# 添削はわがことと思う

番組やテキストに添削《てんさく》コーナーがあります。そのときに「自分の句ではないから関係ない」と聞き流してしまう、テキストであれば真剣に読まない、といったことはありませんか？「はじめに」で少し書いたように、番組のスタッフは選者と句会をしています。ことの起こりは、ほんの偶然。番組の控え室には選者も司会もスタッフも出入りします。ひとつのテーブルをパイプ椅子《いす》で囲むかたちです。収録後、待ち時間が少々あって、選者の先生をただ世間話でつなぎとめるのも失礼な気がして、句会をすることになりました。これは勉強になりそうと選者にお願いし、以降、月一回、収録後に句会をするのが定例化したのです。
そこでの学びの例をひとつ。

**卒業の廊下しづかに立ち止まる**

切れがわかりにくいので、次のようにしてはと選者。

**卒業のしづかな廊下立ち止まる**

語順を入れ替えてみよう、という話は、実はついさっきの収録の添削コーナーで出たばかりでした。なのに実行していませんでした。人の句だから。まさしく他人事のような気が、どこかでしていたのだと思います。それは句がよくなるチャンスをみすみす手放すようなもの。もったいなさすぎる！ 人の句についての添削でも、わがこととして耳を傾けよう、身を入れて読もう。そう思うようになりました。

心得3

# 総索引で季語力を養う

俳句をはじめると必携の書になるのが歳時記。皆さん常に持ち歩いていることでしょう。

季寄せか、季節ごとの分冊の歳時記にするかは悩みどころです。季寄せは一年分が載っている。が、季語の解説や例句は少ない。分冊なら、その季節の季語は詳しいけれど、他の季節についてはわからない。

悩みの解決法として私がとっているのは、その季節の巻と新年の巻との二冊持ち。私の使う文庫の歳時記は五分冊。新年の巻には、すべての巻の季語の総索引が、五十音順で載っています。それをいわば季寄せがわりに使うのです。例えば夏の朝の雀《すずめ》の声を詠《よ》もうとして「雀ってどこかの季節の季語になっていたっけ?」と調べられる。

季重なりが絶対ダメなわけではありません。が、人に指摘されたとき「知りませんでした」となるのと「知っていましたが、そうしました」と答えられるのとでは違う。

電子辞書の歳時記で「雀」がないかどうか調べる方法もあるけれど「すずめ」ないし「SUZUME」と打ち込むよりも、五十音順の「す」のあたりをさっと開く方が絶対早い。

分冊の中でも新年の巻は、使う時期がもっとも短いですが、総索引は利用価値大。

常に持ち歩いてしょっちゅう引いていれば、季語力がおのずと養われるはず。役立てない法はない!

心得4

# 鑑賞は上達のチャンス

俳句は作る方に熱心。投句したら、自分の句がどう読まれるかが気になる。人の句を読む方には、それにくらべて身が入らないというのが正直なところではないでしょうか。

俳句をはじめると急によく聞くようになる言葉に「鑑賞」があります。句会に出ると選んだ句について「どう鑑賞しましたか？」。音楽でも絵でもなくても鑑賞っていうのかと、最初のうちは面食らいつつ、その場その場で何かしら思いついたことをコメントしてきました。

それが、いかに適当にしか読んでいなかったかを、高柳克《たかやなぎかつ》弘《ひろ》さんの『NHK俳句　俳句力をアップ　名句徹底鑑賞ドリル』（NHK出版）を読んで感じたのです。例えば次の句。

**さまざまの事思ひ出す桜かな**　芭蕉《ばしょう》

私は内心「ま、ふつうのことを言った句だな」と思っていました。年にいっぺん限られた日数だけ咲く花から、去年の今頃は、などと思い出しもするだろうと。

その本では語句のひとつひとつを深く掘り下げます。この句の桜は満開、咲きかけ、散りはじめ？「思ひ出す」の主語は、活用形は？　作者はどんな状況か？　浅い浅い自分の読みが恥ずかしい……。

句会で句歴の長い人から言われました。「鑑賞をきちんと言える人は、作句も伸びる」。上達に関係があったのか！　読む方にももっと真剣にならなければと思いました。

心得 5

# 継続で自信をつける

風邪で寝込んだ後、起きて活動を再開すると、前と同じことをしようにも勝手の違うことがありますね。足もとがおぼつかなかったり、手つきがなんだかぎこちなかったり。「使わない筋肉はすぐ落ちるって、ほんとうなのだな」と実感します。

俳句もそれと似た面がありそうです。

私は月一回の吟行句会に参加していますが、たまたま間があいてしまいました。ある月は仕事のある日と重なって翌月も同様で、二回休んでしまいました。すると次まで三か月。

三か月もしていないと不安です。次に参加したとき作れるのか。締切時間までに決められた数の句ができなかったらどうしよう。毎月参加していると、句のよし悪しは別にして、少なくとも五七五にする体勢のようなものは、自然にとることができます。しばらくぶりだとへんに身構えてしまいそう。

俳句もそれに関する「筋肉」を使い続けていることがだいじなのでしょう。不安や余計な緊張を取り除いてくれます。「五七五にするのならいつもしているから、上手下手を問わなければ、まあ、できるだろう」と肩の力を抜いて臨めます。そして肩の力を抜いたときの句の方がよい句になるのは、皆さんご経験のとおり。

いつもしているということは、それだけでいかに自信になるかを、休んでみて知るのです。

心得 6

# 「迎える」つもりで季節と向き合う

俳句をはじめて変わったことのひとつに、暦《こよみ》との付き合い方があります。

私が長年、仕事で用いている手帳には、その日が暦の何の日に当たるか、二十四節気などが、薄い字で印刷されています。前はまったく気にとめませんでした。

今はよく確かめます。例えば十一月が近づくと「立冬は八日でよかったのかな」と。その日から持ち歩く歳時記が、秋から冬の分冊へ変わるので。

はじめのうちは、暦の上の季節と実際の季節感とのギャップにとまどいました。「まだ全然寒くないのに、どうやって冬の句を作るの？」と。でも歳時記に親しむにつれ、無理があるかに思われた暦上の季節も、なんとなく感じるようになるものです。道を歩いていて、自転車がベルを短く鳴らして過ぎていった瞬間の、リンッという響きに「あっ、これが、〝冬来る〟って感じかな」と。

句会では「季語の先取りはいい」と言われます。秋の終わりの句会で、冬の季語を使うことは認められるし、兼題に冬の季語が出ることもあります。その逆、すなわち立冬を過ぎてから秋の季語で詠むことはしません。

歳時記をめくっていて面白いと思うのは、「秋惜しむ」は秋の季語であること。冬になってから、過ぎ去った秋を振り返って惜しむのではないのです。

季節を迎えにいく意識が、俳句には合うようです。

心得7

# 同好の士を励みとする

俳句をはじめて変わったことのもうひとつに、人付き合いがあります。句会で仲間ができますし、テキストでは佳作の常連さんの名をおぼえ、しばらく見ないと「○県の○○さん、どうしたかな」。世代の別や性別を超えるばかりか、会ったことのない人ともつながれる。

先日はおめでたい句会に行きました。とある女性の米寿を祝う句会兼お食事会。番組選者だった星野高士《ほしのたかし》さんのご縁です。あいさつで本人のおっしゃるには、病気ばかりの自分が、まさかこの齢まで生きるとは思わなかった。十年前にはついに歩行が困難になり、介護付き高齢者向けマンションに入った。川に面して建っていて、目の前に橋があるけれど、対岸へ行くことなんてもうないものと眺めていたが、句会の仲間が川向こうまで吟行に来ると聞き、「皆さんこの辺りはご存じないはず。地元の私が案内しなければ」。居ても立ってもいられず参加を申し込み、なんと歩いて橋を渡りきることができたと。「俳句は心の杖《つえ》です」。卒寿の宴もともにすることを約して、あいさつを締めくくりました。

そんな言葉を聞くと、初心に返る思いです。選に入った人らなかったで一喜一憂……いえ、それもだいじですが、俳句に出会ったことそのものを喜ぶべきなんだと。

俳句の縁は一生モノ。同好の士から得る学びは大きいです。

## 吟行愛用品⓫ ショルダーバッグとトートバッグ

両手が使えるバッグというとリュックを選びがちですが、私はこの二個持ち。作句に要する品はトートに、それ以外の品をショルダーにと分ければ、メモしたいときさっと取り出せる。ショルダーは斜めがけが安定します。

第3章

# 助詞力アップ 対談 添削十番稽古

岸本尚毅（俳人）×岸本葉子

「NHK俳句」(平成30年度)の番組人気コーナー岸本尚毅《きしもとなおき》教官の「添削十番稽古」では、一字変えるだけで、句の印象ががらりと変わるのを、目の当たりにしてきました。本書では特に助詞に焦点を当て、教官の指導を仰ぎたいと思います!
岸本尚毅
(俳人)
岸本葉子
岸本葉子さんの俳句をまな板に載せて、助詞の生かし方を習得してまいりましょう。

**葉子** 助詞のはたらきをもっと理解して、迷ったときに効果的な助詞を選べるようになりたいのです。そもそも助詞ってどんなものなのでしょうか？

**尚毅** 助詞は、「語の後に付いて前の語が他の語とどのようなつながりにあるのかを示す」ための言葉です。「妻が」の「が」や、「俳句を」の「を」、「ハガキに」の「に」などが助詞です。

**葉子** 関係を示す助詞は、短い俳句では重要ですね。

**尚毅** 同じ助詞でも「が」「を」「に」などいろいろな関係性があります。文語では助詞を省略することもあります。「主我を愛す」は、「主は我を愛す」の「は」を省略した表現です。

**葉子** 「妻は」とするか「妻が」とするか、あるいは省略してしまうか、推敲《すいこう》に悩むところです。同じような助詞でもどこが違うのでしょうか？

**尚毅** では、実作で迷いがちな一文字の助詞について具体的に考えていきましょう。

## が・は・を・に・へ・で・の・も・と

**尚毅** 「菜の花の前□～」の□に助詞を入れて、助詞の違いがもたらす意味の違いを示す例文を作ってみましょう。

が　**菜の花の前が水溜《たま》り**

は　**菜の花の前は水溜り**

**尚毅**「が」は「前が」という主語を表します。「は」には、他のところはともかく、少なくとも「菜の花の前は水たまりだよ」という、そこだけを取り出して言うようなニュアンスがあります。「が」にはそんなニュアンスはありません。

**葉子** そこまで考えないで、たんに音の印象で選んでいました（笑）。

を　**菜の花の前をひとつの蝶《ちょう》々かな**

に　**菜の花の前にひとつの蝶々かな**

へ　**菜の花の前へひとつの蝶々かな**

**尚毅**「菜の花」「蝶」と季語がふたつ入りましたが、蝶の句として鑑賞しましょう。「を」は動作の経由点を表し、蝶がそこを通過していく印象です。「に」は場所を表し、ある時

点の蝶の居場所を静止画像で示すような感じ。「へ」は動作の方向を表し、蝶の行く先が「菜の花の前」だということを示します。

**葉子** たしかに助詞一字の違いで、蝶の動きが変わって見えてきます。

で　**菜の花の前 で 別れし蝶ふたつ**

**尚毅** 「で」は口語表現で、文語らしく言うなら「にて」です。〈**菜の花の前 にて 別れ蝶ふたつ**〉としましょうか。場所・時を表す助詞ですね。同じ二文字の助詞ですと、〈**菜の花の前 より 別れ蝶ふたつ**〉〈**菜の花の前 から 別れ蝶ふたつ**〉もあり得ます。「より」「から」は動作の起点を表す格助詞です。菜の花にいたふたつの蝶がそこから飛び離れつつ別れていったんですね。「より」は文語調、「から」は口語調です。

**葉子** 蝶の動きは変わりませんが、文語らしく詠《よ》むかどうかの違いですね。

句の内容に合う
助詞を選べるように
なりたいです。

の　**菜の花の前の日差しの翳《かげ》るかな**

も　**菜の花の前も日差しの翳るかな**

**尚毅**「の」は連体修飾を表す助詞です。連体修飾とは、名詞などを修飾する形です。「も」は並列・強調の助詞で、「（他と同じように）○○も」と、他の事物を意識した表現です。菜の花の前だけでなく、他の場所も翳っていることが想像されます。

**葉子**「も」は作者の思いを匂わせすぎることがあると言われたことがあって、使い方に悩む助詞のひとつですね。のちほど私の句でご指導ください。

と　**菜の花の前と後ろと風止んで**

　　**菜の花の前と比べて華やぎて**

**尚毅**　前句は、並列の「と」、後句は比較の対象を示す「と」です。同じ「と」でも用法が異なります。他にも「明日の天気は雪と（聞く）」（引用）、「言わずと（知れた）」（逆接）など、さまざまな用法があります。助詞の使い方は俳句とふつうの文章とで違いはありません。俳句だからといって身構えず、ふつうの文章と同じ感覚で助詞を使えばよいのです。俳句の場合、助詞の後に来る動詞がよく省略されるので、なんとなく難しそうに見えるんですね。

**葉子**「雪と（聞く）」のように、助詞の後に隠された動詞を考えるのも、手がかりになりますね。おさらいすると、助詞力アップには、①使う助詞の意味を辞書や文法書の助詞一覧などで調べてみる。②十七音全体を見ながら自分の表現したいことにふさわしい助詞を選ぶ。③助詞の後に隠された動詞を考えることからはたらきを確かめる、といえるでしょうか。助詞のもたらす気分のようなものをうまく使い分けたいですね。

それではいよいよ私の俳句をまな板に載せまして、効果的な助詞の添削のご指導をお願いいたします。以下は、

**タネ** 発想の元である内容

**原句** 初案

推敲の理由など

**推敲** 助詞を意識した推敲案

それではいよいよ十番稽古《げいこ》！

一番 「も」を避け助詞をなくしたが……

**タネ** 乗らない車をこうしてわざわざ拭《ふ》くのも、秋興《しゅうきょう》なのだろうな。

原句 秋興や乗らざる車拭くことも

「も」は他の何かをほのめかしているようで、よくないと言われたので……

推敲 **秋興や乗らざる車拭きてをり**

**尚毅** 「も」を避けた推敲に賛成です。初案の「拭くことも」は、「秋興」（秋の趣《おもむき》）はさまざまだが、めったに乗らない車を磨くこともまた「秋興」だという思いを匂わせたのでしょうが、句末の「も」が目立ちます。「も」を生かすなら〈**秋興や乗らざる車拭きもして**〉でしょうか。「も」を消して〈**秋興や乗らざる車拭きながら**〉とする案もあります。

**葉子** 「も」は一句の世界をふくらませてくれそうでつい使いたくなりますが、思わせぶりはよくないとして、やはり避けるべきでしょうか？

**尚毅** 高浜虚子《たかはまきょし》の推敲例をご紹介しましょう。「も」を避けた例とその逆の例があります（○が推敲後）。

甘藷《いも》も干し大根も干し落葉降る（昭和21年10月）

○甘藷を干し大根を干し落葉降る（昭和22年1月）

句を作り浮世話をして炬燵《こたつ》（昭和21年2月）

○句も作り浮世話もして炬燵（昭和21年11月）

**尚毅** 甘藷の句は「も」を「を」にしたことで景が明確になりました。炬燵の句は「を」を「も」にしてくつろいだ気分が出ました。「写実」か「気分」かという句のタイプも考えながら、ふたつの案を見比べて好きな方を選べばよいのです。

**葉子** なるほどー。一概に「も」を避けるべきなどとはいえないのですね。虚子のふたつの推敲例を読むと納得です。

**尚毅** はい。初心のうちは推敲のとき、一字だけを書き直すのではなく、十七音全体を書いた形で見比べて印象の違いを客観的に考えることが大切です。

**葉子** 残り九句、どんどんいきましょう。

## 二番　「も」を避け「に」にしたが……

タネ　広場に出れば、丸ビルも東京駅も春の雨に包まれていたよ。

原句　丸ビルも東京駅も春の雨

　他を想像させたいというねらいの「も」が、ややあざとい気がした。

推敲　**丸ビルに東京駅に春の雨**

**尚毅**　「も」は、あれもこれもと数え上げる感じがします。「に」すると、春の雨がビルに、あるいは駅に降っている景が鮮明になります。「も」より「に」の方が描写の効果がありますす。「丸ビルに東京駅に」と「に」を繰り返したので、「も」と同じく、数え上げる感じも出ます。よい推敲です。

**葉子**　よかった。でも推敲のポイントは、あざとさを避けることより、助詞から伝わる印象と内容との検討ですね。では次。

## 三番　「へ」を避け「の」にしたが……

タネ　英霊を祀《まつ》った神社へ上る坂への日差しが、ことさら強い昼間だな。

原句　炎昼《えんちゅう》の護国《ごこく》神社へ上り坂

「へ」は上る人の苦しさを想像させ、言い過ぎになりそう。

推敲　**炎昼の護国神社の上り坂**

**葉子**「〇〇の〇〇の」と「の」でつなげる表現はどこまで許されるのかも迷います。

**尚殺**「護国神社の上り坂」は、護国神社の中の上り坂とも読めます。じっさいは護国神社へ向かう坂ですから、事実と合うのは「護国神社へ上り坂」です。

**炎昼や護国神社へ上り坂**

でいかがでしょう。あるいは、

**炎昼を護国神社へ上り坂**

**葉子**　そうか、ひとつめの「の」の方も推敲する余地がありますね。「炎昼」の中をゆく感じがよく出てくる。

**尚殺**　名詞にかかる「の」はわかりやすく、使いやすい助詞ですが、「の」に代わる助詞がないかを考えるのも、推敲のポイントです。

**葉子**「の」は推敲の余地大いにあり！　他の助詞との入れ替えのみならず、切字《きれじ》を使うことも考えます。

## 四番　音が濁る「で」を避けたかったが……

**タネ**　夏休みの行楽地では、ケチャップの小袋を持参して、歯で開封する。

原句　ケチャップの袋歯で切る夏休

「で」は音が濁ってよくないかな。

推敲　**ケチャップの袋噛《か》み切る夏休**

**葉子**「で」は口語的表現で、文語的にするなら「にて」になると教えていただきましたが。

**尚毅**「にて」なら〈歯にて切るミニケチャップや夏休〉ですが、元の句柄と合いませんね。

この句は「で」のままがいい。もし「で」を避けたいなら、

**ケチャップの袋裂く歯や夏休**

でしょう。歯が中心になり、その人物が強調されます。

**葉子** たしかに、これなら「歯」を残せます！「で」を避けることだけを考えていると、思いつかない推敲です。そもそも避ける必要はなかったかも。音が濁るのが一概に悪いわけでなく、句柄に応じて考えるべきですね。

## 五番 「で」を避け「に」にしたが……

**タネ** 丸皿を心おきなく腸《わた》で汚して、秋刀魚《さんま》を食べたよ。

**原句** 丸皿を秋刀魚の腸で汚しけり

「で」は（手段という）関係があからさますぎて詩情がないような。

**推敲** **丸皿を秋刀魚の腸に汚しけり**

**尚毅** 「で」に代えて「をもて」を使う手もあります。「をもって（して）」という意味の連語です。

**丸き皿秋刀魚の腸をもて汚す**

句末を「汚す」で終えずに、気持ちを詠めば、

**丸き皿よごし秋刀魚の腸楽し**

**葉子** 推敲のポイントは二段階ありそうです。「で」は「をもて」にも言い換えられる。それと、そもそも元の句に「詩情がない」のが推敲の動機なら、いっそ気持ちを言葉にする。添削二案目の「楽し」ですね。

## 六番 「で」を避け「もて」に言い換えたが……

**タネ** 心臓に触れるのは決まって右手であることに、秋風が吹いて気づいた。

**原句** 秋風や右手で触るる心の臓

「で」が気になり、「もて」にした。

**推敲** **右手もて触るる心臓秋の風**

**尚毅** 「もて」の用法としてはよいです。「心の臓」を「心臓」に直したのとは逆に、「右手」

を「右の手」にすると、

**心臓に触れて右の手秋の風**

**右の手で触れて心臓秋の風**

「で」も捨てがたいですね。「で」は生々しい感じが出ます。「右手で」と「右の手で」でも印象が違います。

**葉子**「で」を避けなければという思い込み、そして助詞の入れ替えだけで、いかに頭がいっぱいになっていたか（泣）。

**尚毅** 一句の根っこにある発想に戻って組み立て直すのが推敲です、初案にこだわるのではなく、発想にこだわるのです。煮詰まったら、もう一句別の似たような句を作るようにしてはいかがでしょうか。

**葉子** 推敲の本義を教わった気がします。私は初案を手放せず、その中でのやりくりに終始していました。ときには初案を潔く捨て、発想は捨てずに粘ってみます。

## 七番 「は」を避け助詞をなくしたが……

**タネ** 病棟の灯りは年末年始も変わらずついているよ。

**原句** 病棟の灯りは消えず去年今年《こぞことし》

「は」の限定は主観的すぎる。民家だって大晦日《おおみそか》は起きているのに。

**推敲** **病棟の灯りの消えず去年今年**

「の」が重なりすぎる。

**推敲** **病棟の灯り消えざる去年今年**

**尚毅** 「は」には、直前の語を強調するはたらきがあります。一句のテーマ、取り上げたいのは「病棟」ですから「病棟」に「は」を付けてはいかがでしょうか。

**病棟は灯りの消えず去年今年**

「は」を用いた虚子の推敲例を紹介しましょう。

**落葉踏み下りし道の栗林**　（昭和21年2月）

**落葉踏み下りし道や栗林**（昭和21年11月）

**◯落葉踏み下りし道は栗林**（昭和22年）

**負真綿《おいまわた》落して歩く我の老**（昭和21年2月）

**◯負真綿落して歩く我は老**（昭和22年）

**葉子** 切字ではしっくりこないときにも「は」が使えそうです。次の句お願いします！

## 八番 「に」を「を」にしたが……

**タネ** 軍服の胸の一点を見ていた、秋風が吹いていた。兵を送る人の沈黙を想像して。

原句 軍服の第二釦《ボタン》に秋の風

通っていく感じなら「を」？

推敲 **軍服の第二釦を秋の風**

**尚毅** 「釦」という一点に風が吹きつけるのなら「に」ですね。より大きな空間を風が吹き過ぎるのなら「を」ですが。

「を」を「に」に直した虚子の推敲例を紹介します。

**その上を飛ぶ雁《かり》あらば我と見よ**　（昭和10年）

**○その上に飛ぶ雁あらば我と見よ**　（昭和15年）

**尚毅**　「大同江画舫進水式ある由を聞きて」との詞書《ことばがき》がある挨拶《あいさつ》句です。「を」にすると雁という「点」が上空を移動する感じ。「に」にすると上空が「面」として感じられます。

次の推敲例では「に」を「の」に直しています。

**門毎に涼み床几《しょうぎ》や東山**　（昭和23年）

**○門毎の涼み床几や東山**　（昭和31年）

**尚毅**　「門毎」を強調した「に」も捨てがたいと思いますが、虚子は「の」を採用し、「涼み床几」を強調しました。助詞の選択には明らかな正解がないことも多く、悩ましい。

**葉子**　正解がない以上、作者はどこかで決断して選び、あとは読者に問うしかないのかも。

## 九番　「が」を「の」にしたが……

**タネ**（かつてはこぞって暗唱した）毛沢東語録《もうたくとう》を秋風がめくっているよ。

原句　秋風がめくる毛沢東語録

「が」は強調しすぎ？　濁音も気になる？

推敲　**秋風のめくる毛沢東語録**

**尚殺**「秋風が」の方がはっきりしてよいと思います。「の」だと、秋風の吹く中で作者がめくっているとも読めます。擬人法で「風」が主語ですから、「が」がよいと思います。「が」を直さなかった虚子の推敲例と、「が」を加えた推敲例を紹介します。

**沼渡舟《わたし》母子が乗りて梅雨《つゆ》小ぶり**（昭和12年8月）

○**藻の花や母娘が乗りし沼渡舟**（昭和13年6月）

**大いなるもの北にゆく野分かな**（昭和9年12月）

○**大いなるものが過ぎ行く野分かな**（昭和12年）

**葉子**「が」も強すぎるようでつい「の」に逃げがちな助詞ですが、勇気をもって使います。いよいよ最後十番！　尚毅教官に添削していただき、なるほどと思った句です。

## 十番「の」か、「に」か、「は」か

原句　乗り込んでバックミラーの花明かり

添削①　**乗り込んでバックミラーに花明かり**

添削②　**乗り込みしバックミラーの花明かり**

添削③　**乗り込んでバックミラーは花明かり**

**尚毅**　①は「乗る」「ミラー」「花明かり」という気づきの順番に沿った書き方。乗り込んでミラーを見たら桜の花が映っていた。②は、①の結果だけを事後的に示す書き方。③は「ミラー」というモノを強調した書き方です。どれが正解ということでなく、いろいろ試して助詞の効果を体感していただければと思います。表現をいじっている内に元の句とコンセプトが変わってくることもあります。

**葉子** 私の推敲は、「この助詞はよくないと聞いたことがあるから、リスクを避けたい」という、消極的なものが多いとわかりました。でも一概に避けた方がいい助詞などなく、内容との関係なんですね。それぞれの助詞のはたらきを正しく知って、積極的に選び取れるようになりたいです。助詞だけで考えず十七音全体、さらには発想に立ち返って考えることも学びました。ありがとうございました。

**尚毅** また俳句のお話をいたしましょう。

岸本尚毅●きしもと・なおき
昭和36年、岡山県生まれ。俳誌「渦」「青」「ゆう」「屋根」を経て現在「天為《てんい》」「秀」同人。著書に『俳句のギモンにこたえます』『生き方としての俳句』等。俳人協会新人賞、俳人協会評論賞等を受賞。角川俳句賞、田中裕明《たなかひろあき》賞、星野立子《ほしのたつこ》新人賞等の選考委員などを務める。「岩手日報」「山陽新聞」俳句欄選者。

おわりに

# 学びのメモは終わらない

私のメモはひとまずこれで出しきりました。

読者のかたには、何かピンとくるものはあったでしょうか。例句と推敲《すいこう》とを見比べて、推敲後の方が読む人の心に届きそうに感じるものはあったでしょうか。「次はこの手で攻めてみよう」と思え、何をどうしたらいいかわからない足踏み状態から一歩でも前へ進むきっかけになれていたら、うれしいです。推薦のお言葉をいただいた夏井《なつい》いつき先生、岸本尚毅《きしもとなおき》先生をはじめ、ご指導くださった俳人のかたがた、ともに学ぶ仲間には、心よりお礼を申し上げます。

ここに記した格言は、名句の条件ではありません。名句として人々に親しまれている句で、この本の言う技に合致しないものはたくさんあります。

風が吹く仏来給ふ気配あり　高浜虚子《たかはまきょし》

具体的なモノはなんにもないし、シーンが目に浮かばない。それでも心に届くものがあるから、多くの人に受け入れられ、残ってきたのでしょう。「場合によります」。指導役の俳人にそう言われるたび、私は迷いを深めてきました。「さっき言ったことと違うじゃない」と思うことも、ここだけの話、ありました。よいとされることが、この句の場合とあの句の場合とで異なるのは困る。「もう、どっちかに決めてくれれば、そのとおりに作るのに！」と言いたい気持ちも、正直ありました。

けれどもそれは心得違い。何がよいかは詠《よ》みたい内容によると、岸本尚毅教官の助詞の指導からも学んだのです。頭を冷やして考えれば、たしかにそうでしょう。俳句も表現行為のひとつ、表現行為の起点となるのは自分。そうである以上、入選の必勝パターンを求め「どっちかに決めて」と、他者にいわば丸投げすることはできません。

格言1で書いたように、私は三句投句するなら少なくとも一句は、ここで挙げた技以外で作るよう試みています。俳句の道は長い。入門後の停滞期を仮になんとか抜け出せても、その先には一生涯にわたる俳句との付き合いが待っています。過去の自分の作り方の模倣《もほう》で過ごしてはつまりません。さまざまな作り方に挑戦し、メモを増やしていくつもりです。

メモをためて皆様にまた公開できる日を楽しみにしています。

岸本葉子

本書は、「NHK俳句」テキスト二〇一七年五月号〜二〇一九年五月号掲載の記事をもとに、加筆、改稿、再編集しています。

**岸本葉子**（きしもと・ようこ）

エッセイスト。「NHK俳句」番組司会者。1961年、神奈川県生まれ。会社勤務、中国留学を経てエッセイストに。食・暮らし・旅のエッセイのほか、俳句のエッセイも多数。著書に『人生後半、はじめまして』（中央公論新社）、『俳句、はじめました』（角川ソフィア文庫）、『俳句で夜遊び、はじめました』（朔出版）、『季節の言葉と暮らす幸せ　俳句、やめられません』（小学館）など。2015年より「NHK俳句」の番組司会を務める。

NHK俳句
岸本葉子の「俳句の学び方」

二〇一九年四月二十日　第一刷発行
二〇二三年一月二十五日　第五刷発行

著者　岸本葉子

発行者　土井成紀
発行所　NHK出版
〒一五〇-〇〇四二　東京都渋谷区宇田川町一〇-三
電話　〇五七〇-〇〇九-三二一（問い合わせ）
〇五七〇-〇〇〇-三二一（注文）
ホームページ　https://www.nhk-book.co.jp

印刷　大熊整美堂
製本　藤田製本



Printed in Japan　ISBN 978-4-14-016266-8　C0092